Das Lebkuchenhaus

Carmen Schneider

Bibliografische Information der Deutschen Nationalbibliothek:
Die Deutsche Nationalbibliothek verzeichnet diese Publikation in der Deutschen Nationalbibliografie, detaillierte bibliografische Daten sind im Internet über http://dnb.dnb.de abrufbar.

Copyright © 2016 Carmen Schneider

Illustrationen: Anna Lisa Weisgerber

Layout: Andreas Schneider

Covergestaltung: Carmen Schneider

Herstellung und Verlag:
BoD – Books on Demand, Norderstedt

ISBN: 9783743103320

Prolog	1
Samstag, der 1. Dezember	7
Sonntag, der 2. Dezember	15
Montag, der 3. Dezember	23
Dienstag, der 4. Dezember	33
Mittwoch, der 5. Dezember	37
Donnerstag, der 6. Dezember	45
Freitag, der 7. Dezember	49
Samstag, der 8. Dezember	53
Sonntag, der 9. Dezember	57
Montag, der 10. Dezember	60
Dienstag, der 11. Dezember	64
Mittwoch, der 12. Dezember	65
Donnerstag, der 13. Dezember	69
Freitag, der 14. Dezember	73
Samstag, der 15. Dezember	79
Sonntag, der 16. Dezember	85
Montag, der 17. Dezember	89
Dienstag, der 18. Dezember	92
Mittwoch, der 19. Dezember	93
Donnerstag, der 20. Dezember	94
Freitag, der 21. Dezember	95
Samstag, der 22. Dezember	96
Sonntag, der 23. Dezember	97
Montag, der 24. Dezember	100
Weihnachten ist...	103

WIDMUNG

Diese Geschichte widme ich meinen beiden Töchtern
Kathalina Jasmin und Annika Leonie
Sie sind mein größter Schatz.

DANKE

Dank an meinen Ehemann Andreas, für die Unterstützung in allen technischen Belangen.

Er ist mein Upload-Held!

PROLOG

Gestern Abend hatte es geschneit. Als ich vor dem Zubettgehen meine Vorhänge zuzog, schwebten die großen Kristalle direkt auf meine Fenster zu. Es war der erste Schnee in diesem Jahr und schnell waren die unter uns liegenden Häuser und Felder mit einer wunderschönen, weißen Schicht bedeckt.

Aus den Schornsteinen stieg grauer Rauch auf, der einen lustigen Tanz mit den Flocken zu halten schien. Einige Fenster waren hell erleuchtet, hier und da strahlten verschiedene Engel und Sterne,

Lichterketten und Rentiere mit ihrem warmen Licht in die Nacht.

Ich liebe diesen Ausblick aus meinen Fenstern. Und das nicht nur zur Weihnachtszeit. Unser Haus ist an einen Hang gebaut und die an der gegenüberliegenden Straßenseite stehenden Häuser liegen mit ihren Dächern schon leicht unterhalb meines Fensters. Und so setzt sich das dann Häuserreihe für Häuserreihe fort. Man kann so den ganzen Ort überblicken, wie er sich an den Berg schmiegt.

Als ich noch kleiner war, hatte ich dort oft in meiner Fensternische auf der eingebauten Bank mit meinem dicken Kissen und der Decke gesessen und mir vorgestellt, als Prinzessin mein ganzes Reich zu überblicken. Denn mein Zimmer gleicht einem Turmzimmer, der Erker im Dachgeschoss lässt einen über der Straße und den anderen Häusern regelrecht schweben.

So vergaß ich auch gestern Abend bei dem wundervollen Anblick völlig die Zeit. Irgendwann muss ich mich halb schlafend zu meinem Bett geschleppt haben.

Zumindest bin ich heute Morgen darin aufgewacht. Das Zimmer ist trotz der zugezogenen Vorhänge schon taghell. Eilig springe ich auf und ziehe den schweren Stoff zur Seite, um zu sehen, ob der Schnee die letzte Nacht überstanden hat. Alles liegt unter einer weißen, dicken Decke.

Es ist Samstag. Es ist Samstag der 1. Dezember und ich habe viel Zeit. Langsam drehe ich mich zu meinem Tisch herum.

Mama sagt ja immer, dass ich eigentlich schon zu groß dafür bin. Sie will mir keins mehr backen. Und doch linse ich an jedem ersten Dezember wieder vorsichtig zum Tisch um zu sehen, ob sie diesmal ihre „Drohung" wahr gemacht hat.

Puh, ich habe wieder Glück. Da steht es in seiner ganzen Pracht. Mit dickem Zuckerguss, der bis auf den Teller getropft ist. Mit bunten Schokolinsen, leckeren Gummibärchen, kleinen Zuckerstangen und einer wunderschönen Hexe, die bei keinem Lebkuchenhaus fehlen darf.

'Wunderschöne' Hexe? Ich schaue sie noch einmal kritisch an. Wie hat es Mama bloß geschafft, sie so lebensecht zu machen?

Alle bisherigen Hexen waren einfach aus leckerem Teig gebacken und in den Konturen ebenfalls mit Zuckerguss verziert.

Aber diese trägt ein schwarzes Kleid mit der farbenprächtigsten Patchwork Schürze, die ich je gesehen habe. Sie schillert in den kräftigsten Farben des Regenbogens, jeder Flicken mit goldenen, geschwungenen Ornamenten verziert, die aussehen, als wären sie mit einer feinen Nadel handbestickt worden. Ihre langen roten Haare sind mit einem schwarzen Samtband, das hier und da immer wieder durch die Haare blitzt, zu einem hohen Knoten aufgetürmt. Zu einem Knoten, aus dem sich rundherum wilde Locken gelöst haben, die sie eigentlich am Hals und hinter den Ohren wie verrückt kitzeln müssten.

Winzigste, goldene Glöckchen sind an das schwarze Band genäht und ich rechne jeden Moment damit, dass sie sich zu mir umdreht und diese Bewegung ein leises Klingeln ihre Glöckchen bewirkt.

Die Armabschlüsse ihre Kleides, die auf Ellbogenhöhe beginnen, sind stoffreich weit gehalten. Wie Vorhänge liegen sie neben ihrem Körper auf dem Kleid auf. Sie bestehen aus den gleichen Patchwork Elementen wie die Schürze, nur dass hier die Nähte und Stickereien aus einem glänzenden, silbernen Faden bestehen, der blitzt, dass es einen fast ein wenig blendet.

Die Hexe hat in ihrer linken Hand den so typischen Reisigbesen, den sie neben ihrem Fuß aufstellt. Und mit der rechten Hand hält sie einen großen Sack, den sie über ihre Schulter gelegt hat. Durch das schwere Gewicht wirkt ihre Haltung leicht schief und gedrückt und …. was denke ich da überhaupt?

Es wird Zeit, dass ich mich anziehe, hinuntergehe und meiner Mama erst mal einen dicken Schmatz und eine große Umarmung gebe. Mit diesem Lebkuchenhaus hat sie sich selbst übertroffen.

Während ich mir noch meinen dicken, kuscheligen Pullover über meine beiden Ohren ziehe, höre ich ein leises Klingeln.

Wie beim alten Spiel „Ochs, Ochs hinterm Berg" drehe ich mich ruckartig herum, aber ich kann keine Bewegung wahrnehmen. Mit versteinertem Blick und doch einem Lächeln auf dem porzellanartigen Gesicht, schaut mich die kleine Hexe an. Ein kleiner Schauer überläuft mich. Na, wenn es da nicht mal höchste Zeit für einen warmen Kakao ist. Ich ziehe die Türe hinter mir zu und nehme direkten Kurs auf die Küche.

SAMSTAG, DER 1. DEZEMBER

„Guten Morgen, du Langschläfer. Ich dachte schon, du willst heute gar nicht mehr aufstehen." „Selber 'Guten Morgen' und vielen Dank!" Ich lege meine Arme um die Schulter meiner Mutter und drücke sie so fest ich kann. „Pass auf, ich bekomme ja fast keine Luft mehr. Anna, was ist denn los?"

Mit meinem Gesicht an ihrem Hals ist mein Dankausbruch wohl nicht gut zu verstehen. „Na, ich hab mich nur bei dir bedankt". „Ja, das hab ich schon verstanden. Aber wofür denn? Deinen Kakao hab ich ja noch nicht mal warm gemacht. Ich wusste ja nicht, wann du jetzt wirklich aufstehst."

„Aber Mama, du hast doch gestern Abend noch das Lebkuchenhaus..." Der Ausdruck in ihrem Gesicht verändert sich auf einmal. Warum sieht sie nur so traurig aus.

„Oh Anna, das tut mir wirklich leid, ich hatte lange überlegt, ob ich es diesmal tatsächlich wahr mache und dir kein Haus backe. Aber irgendwann muss es ja einmal sein. Und die letzten Tage war an der Arbeit so viel los und ich war jeden Abend so müde und bitte versteh' mich. Du bist doch jetzt auch schon so groß!"

Ja gewachsen bin ich schon im letzten Jahr. Es fehlen nur noch ein paar Zentimeter und ich werde bald mit meiner Mutter „auf gleicher Höhe" sein, aber konnte man wirklich für ein Lebkuchenhaus zu groß werden? Und überhaupt, …..was ist denn dann das Ding in meinem Zimmer und noch wichtiger, ….wer hatte es dort hin gestellt?

Aber diese Fragen behalte ich lieber erst mal für mich.

„Ach so. Ja, das stimmt. Du hast es ja schon vorher gesagt." Schnell drehe ich mich um und wende mich dem Müsli zu. Meine Mutter kann in meinem Gesicht lesen wie in einem Buch. Manchmal ist das schon ziemlich unheimlich. „Ich werde wohl auch ganz gut ohne das Haus auskommen. Ein Hexenkleid hast du auch nicht genäht oder?"

„Nein, warum sollte ich ein Hexenkleid genäht haben? Brauchst du denn eins?" Sie lächelt mich an und freut sich vermutlich, dass meine Enttäuschung nicht zu groß ist.

„Nein, natürlich nicht. Wir haben ja schließlich Advent und nicht Fasching."

„Anna, weißt du was? Ich glaube ich kann schon gut ein zweites Frühstück vertragen. Für mich Kaffee und dich Kakao und dann erzählst du mir, wie du darauf kommst, dass ich dir ein Hexenkleid genäht habe."

Ich schaffe es ganz gut, unser Geplapper beim Frühstück von Hexen und Kleidern frei zu halten. Am besten kann man immer noch von sich ablenken, wenn man sich einfach sehr interessiert nach dem anderen erkundigt. Hoffentlich merkt Mama mir meine Ungeduld nicht an. Ich kann es kaum erwarten, wieder hoch zu gehen und in aller Ruhe mein Knusperhaus zu untersuchen.

Wieder zurück in meinem Zimmer, schließe ich leise die Tür hinter mir ab. Die ersten Kinder sind schon draußen im Schnee und bauen Schneemänner, liefern sich große Schlachten und haben lautstark Spaß. Aber ich habe nicht wirklich Ohren für sie. Langsam schleiche ich um den Tisch und habe dabei immer die Hexe im Blick. Das Lebkuchenhaus sieht von allen vier Seiten sehr ähnlich aus. Nur die vordere Seite, an der auch die Hexe steht, hat neben den sechs Fenstern noch eine große Eingangstür, die leicht geöffnet ist. Wie an den vergangenen ersten Dezembertagen überlege ich mir, welches Stück das Beste ist und die große Ehre erlangt, als Rascherei zum ersten Dezember in meinem Mund zu verschwinden. Aber kaum berührt mein Finger die leckere Tür, höre ich eine zarte Stimme:

„Ich habe dich nicht eingeladen! Also warum greifst du nach meiner Tür!"

Erschrocken ziehe ich die Hand zurück. Ich drehe mich um. Niemand ist in meinem Zimmer.

„Wo schaust du denn hin? Es ist schon wahr. Ihr Menschen könnt manchmal nicht sehen, was ihr direkt vor eurer Nase habt! Ich frage mich woran das liegt."

Ich halte die Luft an und drehe mich langsam wieder zum Lebkuchenhaus um. Aber auch dort ist niemand.

„Na, hier unten bin ich doch. Hier direkt vor der Türe. Huhuuuu!"

Tatsächlich. Die kleine Hexe vor der Tür schaut frech zu mir hinauf. Den Sack hat sie auf dem Boden neben ihren Füßen abgestellt und der Besen lehnt nun an der Hexenhaus-Außenwand neben der großen Zuckerstange.

Mit zur Seite geneigtem Kopf schaut sie mich lächelnd an. Ihre grünen Augen funkeln.

„Kannst du sprechen? Verstehst du meine Sprache? Hast du vielleicht auch einen Namen? Ich könnte mir natürlich auch einen für dich ausdenken. Vielleicht 'Du-kriegst-den-Mund-nicht-zu' oder 'Rollgardina', nein warte, so heißt schon jemand oder..."

„Warte, ich habe schon einen Namen. Gib dir keine Mühe. Ich möchte meinen gerne behalten." Ich muss zu viel gefrühstückt haben. Aber kann man davon Wahnvorstellungen bekommen? Ich muss mich konzentrieren. Was muss ich als erstes wissen? Ach ja. „Viel wichtiger ist, wer du bist und wie du vor allem in mein Zimmer gekommen bist. Also wie heißt du?"

„Oh, natürlich. Du hast ja Recht. Das war sehr unhöflich von mir. Ich hätte mich zuerst vorstellen sollen." Sie deutet eine leichte Verbeugung an, wobei sie ihre linke Hand etwas nach außen führt. „Mein Name ist Einoel Nimsaj Befana. Ich bin die Ur-Ur-Ur-Ur-usw.-Enkelin von Befana. Aber die kennst du ja sicher schon und ich bin hier bei dir, um.....

„Warte mal kurz" unterbreche ich sie. „Bevor du weiter erzählst, muss ich dir sagen, dass ich niemanden kenne der Befana heißt. Wer soll das sein? Es tut mir sehr leid, aber...also wer ist das, ... Einos Nimba?"

„Ei-no-el Nim-saj. So schwer ist mein Name doch gar nicht. Und du kennst meine Großmutter nicht? Wie kann denn das sein? Na, da werde ich wohl ganz vorne mit meiner Geschichte anfangen müssen."

„Ja, das glaube ich allerdings auch. Das dort ist nicht mein erstes Lebkuchenhaus, aber du bist definitiv die erste sprechende Hexe, die mich aus meinem Haus heraus anspricht. Ich hoffe, dass du eine überzeugende Erklärung hast."
Ich überlege noch, ob ich nicht einfach los schreien sollte. Aber was soll's.
„Komm, ich nehme dich auf meine Hand und dann setzen wir uns auf mein Bett. Ich liebe es, Geschichten erzählt zu bekommen."

Einoel Nimsaj setzt sich mir gegenüber auf mein Kissen, richtet erst ihre wunderschöne Schürze und nimmt dann einen tiiiiiefen Luftzug.

„Vor mehr als 2000 Jahren lebte meine Ur-Ur-Ur-Ur-Ur-usw.-Großmutter in einem fernen Land. Es war auch ungefähr um diese Jahreszeit, da ging die Kunde von einem ganz besonderen Kind durch das ganze Reich. Als es geboren war, erschien am Himmel der hellste und schönste Stern, den die Menschen je gesehen hatten. Als erste erblickten ihn Hirten auf dem Felde, die die frohe Botschaft allen anderen Menschen erzählten. So hörte auch meine Ur-Ur-Ur-Ur-Ur-usw.-Großmutter Befana von dem Gotteskind. Der Stern sollte sie zur Krippe führen. Aber irgendwie brauchte sie wohl zu lange, um ihre Taschen zu packen, denn sie wollte viele Geschenke mitbringen.

Als meine Ur-Ur-Ur-Ur-Ur-usw.-Großmutter sich endlich auf die Suche nach dem Christkind machte, war der Stern bereits verloschen und sie konnte die Krippe niemals finden.
Darüber ist sie bis heute nicht hinweggekommen. Noch immer fliegt sie jedes Jahr mit ihrem Besen von Haus zu Haus und hofft, dass eines der Kinder, denen sie immer noch Geschenke bringt, das Christkind ist. Die Kinder warten sogar auf sie und hängen am Vorabend des Dreikönigstags Strümpfe an den Kamin oder stellen Schuhe hin, damit meine Vieluroma Befana sie mit Süßigkeiten füllen kann."

„Oh, so ähnlich macht das bei uns der Nikolaus. Eigentlich bin ich schon viel zu groß für diese Sachen, aber ich stelle meinen Teller am 5. Dezember abends immer noch vor meine Türe."

„Ach, papperlapapp. Für schöne Sachen und liebevolle Bräuche ist man nie zu alt. Ich finde es viel trauriger, wenn man die Freude an diesen Dingen verlernt."

„Jetzt weiß ich, wer Befana ist. Aber warum du hier bei mir bist, das ist mir noch nicht ganz klar."
Da sitze ich nun auf meinem Bett, betrachte die funkelnde Schürze der kleinen Hexe vor mir und mache mir keine Gedanken darum, dass man eher selten mit kleinen Wesen auf seinem Kopfkissen sprechen

kann. Viel wichtiger erscheint mir im Moment, wie lange sie bei mir bleiben wird.

Einoel Nimsaj legt den Kopf etwas schief und legt die Stirn in Falten. Ich frage mich, ob ich beim Nachdenken auch so ähnlich aussehe.
„Hm, ich denke, ich bin bei dir gelandet, weil du so gerne Knusperhäuschen magst. Irgendwo musste ich meine Reise ja beginnen. So konnte ich das Nützliche mit dem Guten verbinden."

Irgendwie habe ich das Gefühl, dass dieser Ausspruch eigentlich anders lautet, aber es will mir gerade nicht einfallen, denn Schritte auf der Treppe nehmen meine ganze Aufmerksamkeit in Anspruch. Mama!
„Anna! Anna, willst du dich denn den ganzen Tag wieder in deinem Zimmer verkriechen? Geh doch raus zu den anderen und teste den ersten Schnee. In deinem Zimmer kannst du noch lange genug hocken."
Bevor sie in mein Zimmer kommen kann, bin ich in einem Satz an der Tür: „Nein Mama, ich bleib lieber drin. Du darfst außerdem im Moment nicht reinkommen! Du weißt schon, 'Weihnachtsgeheimnisse' und so."
„Na, du bist aber früh dran mit Geheimnissen. Dann komm bitte kurz vor die Tür und nimm mir den Stapel Pullover ab."

„Ja, komme sofort!" Ich drehe mich noch einmal zu Einoel Nimsaj um und lege meinen Finger über meine Lippen. Ihre kleine Hand legt sich auf ihren Mund. Sie hat verstanden, was ich meine. Kaum stehe ich auf dem Flur, nehme gerade die Pullover entgegen und will mich bei meiner Mama bedanken, hört man aus meinem Zimmer ein leises, deutliches Niesen.
Ich sehe wie die Augen meiner Mutter groß werden, das ist nicht gut!
„Hast du das auch gerade gehört?" Ich will nicht lügen, aber nochmal nachfragen ist ja nicht verboten: „Was gehört?" „Ich dachte gerade,.... ach was, ich glaube ich höre schon die Mäuse niesen!" Lachend nimmt sie mich in die Arme. „Gut, dass bald der Weihnachtsurlaub kommt. Es ist nämlich nicht damit zu spaßen, wenn man die Mäuse erst mal niesen hört."

Sie ist schon auf dem Weg zur Treppe: „Aber Anna, geh später noch mal raus, ja. Wer weiß, ob der Schnee morgen noch liegt!" Mit klopfendem Herzen nicke ich ihr zu. „Oh, das war knapp!" Mit dem Pulloverberg vor meinem Gesicht bleibe ich in meinem Zimmer kurz an der geschlossenen Türe angelehnt stehen.

„Ich hatte wohl noch Pfeffer an der Hand. Da muss man schon mal niesen." „Du hattest Pfeffer an der Hand? Aber wieso denn das?"

„Ach Anna, das ist doch aber einfach. Ich habe heute ganz früh, also so früh, dass du da noch geschlafen hast, schon Pfefferplätzchen gebacken!" „Mit Pfeffer?"

„Aber natürlich. Nun, vielleicht hab ich ein wenig viel daran gemacht. Sie haben nicht besonders gut geschmeckt. Aber du kannst gerne mal eins probieren. Magst du?"

„Ach, ich hab ja erst gefrühstückt. Vielleicht später noch." Ich lasse mich mit einem Plumps auf mein Bett fallen und lege den Pulloverberg neben mir ab. „Willst du den nicht erst einmal wegräumen?" „Ach, das mache ich später. Du wolltest mir gerade erzählen, was du in meinem Zimmer machst. Ich mag Knusperhäuser, deswegen bist du bei mir gelandet, richtig?"

„Ja, genau."

„Und was machst du dann, wo du jetzt gut bei mir angekommen bist?"

„Ich untersuche und forsche! Und ich hoffe, dass du mir dabei helfen kannst!" Jetzt war ich diejenige, die den Kopf auf die Seite legte und Einoel Nimsaj mit gerunzelter Stirn ansah. „Ich denke, dass das ganz auf das Thema ankommt. Was willst du denn erforschen?"

„Seit so vielen Jahren ist meine Viel-Ur-Oma nun auf der Suche nach dem Jesuskind und ich will ihr dabei helfen. Ihr feiert doch jedes Jahr seinen Geburtstag. Ich hatte gehofft, dass ein Mensch wie du, mir dabei helfen kann. Ich kenne mich in eurer Welt noch nicht so gut aus. Eigentlich bin ich noch ein wenig zu jung, um hier alleine herum zu reisen. Aber als ich meiner Mutter versprochen habe, mir hier Hilfe zu suchen, da hat sie mir ihr schönstes Haus eingepackt und nun, da bin ich!" „Ja, da bist du. Aber ich bin mir nicht ganz sicher, wie ich dir bei deiner Suche helfen kann." „Ach, das überlegen wir uns morgen. Ich bin schrecklich müde. Kannst du mich bitte zu meinem Haus hinüber heben?"

Und tatsächlich scheinen ihr schon die kleinen Augen zuzufallen. „Ich habe wohl zu früh gebacken. Außerdem bin ich ja vorher die ganze Nacht gereist." Vorsichtig nehme ich sie auf meine Hand und trage sie zu ihrem Haus auf meinem Tisch. „Und trotzdem habe ich für heute mein Ziel erreicht! "

„Du hast ein Ziel erreicht. Wie meinst du denn das?"

Einoel Nimsaj geht gerade schon durch ihre Türe und will sie zuziehen. Aber sie dreht sich noch einmal um und antwortet mir mit geschlossenen Augen: „Ich habe mir vorgenommen, jeden Tag eine Erkenntnis zu bekommen, irgendetwas Gutes zu entdecken oder selber etwas Gutes zu tun. Irgendwo muss ich mit der Suche ja anfangen. Und das scheint mir der richtige Weg zu sein. Ist nur so ein Gefühl."
„Und was genau hast du heute erreicht?" „Ich habe bewiesen, dass es noch Menschen gibt, die zuhören können und sich dann auch noch für die Probleme anderer interessieren. Genau das hat meine Viel-Ur-Oma nämlich angezweifelt. Also bin ich nun schon einen Schritt weiter als sie. Aber... uahhh... jetzt.....uahhh... muss ich wirklich schlafen. Wir sehen uns dann morgen Nachmittag. Passt dir 15:00 Uhr? "

Und damit zieht sie ihre Türe zu und lässt mich staunend in meinem Zimmer alleine. Na ja, so wie ich eben alleine sein kann, wo doch eine Hexe in mein Zimmer eingezogen ist. Und das mit ihrem ganzen Haus.

SONNTAG, DER 2. DEZEMBER

Der Sonntag zieht sich ein wenig in die Länge. Seit dem Mittag schneit es wieder die schönsten und dicksten Flocken. Frau Holle meint es wirklich gut mit uns. Ich hoffe, dass sie noch ein paar Flocken für das Weihnachtsfest übrig lässt. So eine weiße Weihnacht muss sehr schön sein. Meistens schneit es ja Anfang Dezember und dann erst wieder im Januar.

Manches mal schiele ich verstohlen zu der kleinen Haustür, denn in Geduld war ich noch nie gut. Aber die Tür bleibt verschlossen und ich höre keinen einzigen Laut. Also doch wieder Flocken zählen, auf die Uhr schauen, ein Buch in die Hand nehmen und wieder weglegen, wieder Flocken zählen, auf die Uhr schauen, ein Buch in die Hand nehmen, … So wird es endlich 15:00 Uhr. Gerade will ich an die winzige Türe klopfen, da schaut schon ein kleiner Kopf mit roten Haaren durch den schmalen Spalt. „Ah, du bist schon da, ganz pünktlich, das ist schön! Komm rein, heute lade ich dich ein."

„Einoel Nimsaj Befana. Ich glaube, dass wir da ein kleines Problem haben!"

Keine Reaktion.

„Wie genau soll ich in dein Haus kommen? Ich würde es zerstören, wenn ich nur versuchte, meinen Arm ganz hineinzustecken."

„Manchmal hilft allein schon der Glaube daran und Vertrauen zu dem, der etwas sagt, dass etwas funktioniert. Vielleicht weiß der andere mehr als du."

So ganz bin ich noch nicht überzeugt. „Stell das Haus einfach vor dich auf den Boden und dann nimm dir einfach vor, durch die Tür zu gehen. Sei davon überzeugt und mach den ersten Schritt und dann…du wirst schon sehen. Wenn es dir hilft, kannst du dabei ja die Augen schließen. Mach dir keine Sorgen um das Haus. Vertrau mir einfach."

„Also gut. Ich versuche es. Geh du hinein und schließe die Tür. Sonst fällst du noch herunter, während ich das Haus auf den Boden stelle." Vorsichtig nehme ich das Haus und stelle es auf dem Boden vor mir ab. Die Tür öffnet sich erneut und Einoel Nimsaj lädt mich mit ausgestreckter Hand in ihr Haus ein. Ich schließe meine Augen, hebe meinen rechten Fuß und gehe einen Schritt nach vorne.

Ich merke, dass sich der Boden unter meinen Füßen verändert hat. Anstelle eines weichen Teppichs ist dort nun ein festerer, unebener Boden. Aber er fühlt sich nicht kalt und unangenehm an. Im Gegenteil. Es scheint eine wohlige Wärme von ihm auszugehen, und es duftet lecker nach Lebkuchen und Tee.

„Anna, Anna! Ist alles in Ordnung? Willst du nicht mal die Augen aufmachen?" Ich stehe einfach nur da, bewegungslos und traue mich nicht, einen Blick zu riskieren. „Hat es denn funktioniert?"

„Das musst du Dir schon selber anschauen. Der erste Schritt allein reicht nicht aus. Du musst schon die Augen aufmachen und den zweiten Schritt gehen. Natürlich kannst du auch einfach wieder mit geschlossenen Augen einen Schritt zurück und wir belassen es dabei. Das ist alleine deine Entscheidung. Aber vielleicht könntest du dich jetzt entscheiden. Der Tee wird nämlich sonst kalt, und ich würde ihn gerne warm trinken. Am liebsten natürlich mit dir."

Noch ein tiefer Atemzug, und ich öffne die Augen. Einoel Nimsaj steht mir gegenüber und schaut mir lächelnd ins Gesicht. Es ist ungewohnt, auf Augenhöhe mit ihr zu sein. Erleichtert und fasziniert setze ich meine Atmung wieder ein.

Aus der Nähe sieht ihr Haar, das sie heute offen trägt, noch leuchtender aus. In wilden Locken fällt es ihr wie ein Wasserfall über die Schulter und reicht weit über die Taille hinaus. Ihre Augen blitzen in einem hellen Blaugrün und die Iris scheint mit goldenen Sprenkeln übersät.

„Ich freue mich, dass du den Schritt zu mir gewagt hast. Willkommen bei mir zuhause. Komm doch herein."

Noch immer bin ich viel zu gebannt, als auch nur ein Wort sagen zu können. Das ganze Haus besteht aus nur einem Raum und hinter mir schließt sich die Tür, die ich gestern noch aufessen wollte. Mitten im Raum steht ein großer Holztisch, um den herum vier Stühle gestellt sind. Jeder von ihnen ist mit einem dicken Patchwork Kissen belegt, die nur darauf warten, dass man es sich auf ihnen bequem macht. An der linken Seite des Raumes befindet sich eine kleine Küche, die aus verschiedenen, scheinbar bunt zusammengewürfelten kleinen Schränkchen besteht. In den offenen Regalteilen stapeln sich die wundersamsten Tassen und Teller, von denen keiner einem anderen Stück gleicht. Auf dem kleinen Ofen steht eine Kanne Tee, aus der der leckerste Duft steigt, den ich je gerochen habe: Apfel, Vanille, Orange, Zimt...Die Wand gegenüber ist, abgesehen von den Fensternischen, ganz mit Büchern ausgefüllt. Vor den Regalen steht eine kleine Holztreppe, mit der man auch die oberen Buchreihen gut erreichen kann.

An der rechten Seite des Raumes steht ein herrliches Himmelbett. Es ist aus dunklem Holz, verziert mit geheimnisvollen Ornamenten und alten Schriftzeichen. Die Pfosten an den vier Ecken reichen fast bis an die Decke und tragen einen weichfließenden Stoff in einem warmen Türkis, mit dem das Bett rundherum zugezogen werden kann. Aber im Moment sind alle Seiten offen und geben den Blick frei auf weiche, dicke Daunendecken und -kissen.

„Wie kannst du dir hier nur ohne Feuer einen Tee kochen?" „Ist das alles, was dir zu meinem Haus einfällt? Fragst du dich wirklich nur, wie ich hier Tee kochen kann?" Einoel Nimsaj kann sich ein Schmunzeln nicht verkneifen.

„Nein, natürlich nicht! Aber ich glaube, ich muss erst einmal meine Gedanken ein wenig sortieren. Dein Haus ist wunderschön und ich scheine tatsächlich darin zu sein. Ich bin in dem Lebkuchenhaus, das in meinem Zimmer auf dem Boden steht!? Das ist richtig, oder?"

„Genauso ist es! Und jetzt werden wir uns erst einmal hinsetzen und du erzählst mir, was du so den ganzen Tag machst. Wir trinken den Tee und essen Plätzchen und …."
„Ja gerne, aber bevor ich dir von meinem Leben erzähle, möchte ich erst noch wissen, wie das mit diesem Haus hier funktioniert."

„Ach, da ist gar kein großes Geheimnis dran. Jede Fee oder gute Hexe bei uns, die ihr 180. Lebensjahr erreicht hat, bekommt ihr eigenes Knusper- oder Lebkuchenhaus, mit dem sie dann durch die Welt reisen kann. Wenn ich auf meinem Besen unterwegs bin, dann trage ich meinen Sack über der Schulter, in dem sich dann auch das Haus befindet. Magie lässt es auf mein Wort groß oder klein werden, der Ofen ist immer warm, die Teekanne immer gefüllt und das Backfach hat immer eine Mahlzeit für mich bereit. Du siehst hier alles, was ich besitze. Mehr brauche ich nicht."

„Und was machst du so den ganzen Tag, wenn du nicht nach dem Christkind suchst?"

„Unsere Ausbildung dauert, bis wir 180 Jahr alt sind. Dann haben wir alles gelernt, was man als gute Fee oder Hexe so können muss. Danach mischen wir uns unter die Menschen und sehen, wo wir vielleicht gebraucht werden und helfen können. Natürlich alles ganz unauffällig. Unsere Situation ist eine Ausnahme. In wenigen Fällen dieser Art, wendet sich eine gute Fee oder Hexe auch mal um Hilfe an einen Menschen. Unauffällig bleiben geht dann natürlich nicht. Daher muss ich dich auch darum bitten, sonst niemandem von mir zu erzählen."

„Verstehe! Ich werde niemandem von dir erzählen. Aber wie war es mir möglich, dein Haus zu betreten und so extrem zu schrumpfen?"

Einoel Nimsaj nimmt die Kanne Tee von dem Ofen und holt aus dem Backfach einen Teller mit Plätzchen. „Komm Anna, such dir doch erst einmal eine Tasse aus." Ich brauche nicht lange zu überlegen.

„Ich hätte gerne die Tasse, die wie eine Schneekugel aussieht. In der schneit es so schön." „Die gefällt mir auch am besten. Hier, bitte. Und jetzt setz dich erst einmal!"

Der Tee dampft heiß aus den Tassen und erfüllt den ganzen Raum, gemeinsam mit den Plätzchen, mit seinem köstlichen Duft.

„ Eigentlich war das Betreten meines Hauses nur eine Kleinigkeit. Du musstest nur zwei Stücke Vertrauen nehmen!"

„Zwei Stücke Vertrauen. Wie hab ich denn die bekommen?"

„Ich habe sie dir angeboten! Ein Stück Vertrauen in dich selbst und ein Stück Vertrauen in mich. Du hast sie beide angenommen und den Schritt gewagt. Das ist das ganze Geheimnis. Sobald du dich zu dem Schritt entschlossen und ihn umgesetzt hast, haben sich die Umstände an dich angepasst."

„Wie du das so sagst, hört es sich eigentlich wirklich einfach an und ist manchmal doch so schwer!"

„Ja Anna, da hast du wirklich recht. Aber so ist es ja mit ganz vielen Dingen im Leben.

Jetzt musst du mir aber von dir erzählen. Schließlich will ich mich gut vorbereiten."

„Worauf willst du dich denn vorbereiten?" So ganz konnte ich ihr noch nicht folgen.

„Natürlich auf morgen!"

„Was ist denn morgen?"

„Morgen werde ich dich in deine Welt begleiten. Wir haben noch viel vor!"

„Aber wir haben heute noch nichts erreicht."

„Oh, das ist nicht richtig. Ich habe dir etwas geschenkt und du hast es angenommen. Das ist eine großartige Sache, die wir heute geleistet haben. Mal sehen, was uns morgen begegnet."

MONTAG, DER 3. DEZEMBER

Der Unterricht war noch nie so lange wie heute. Direkt nach der Schule wartete Mama dann schon mit dem Mittagessen auf mich. Aber jetzt ist es endlich soweit, dass ich ungestört in mein Zimmer gehen kann.

Einoel Nimsaj sitzt schon auf der Schreibtischkante und lässt abwartend ihre Beine baumeln.

„Wie war dein Tag in der Schule? Hast du die Mathearbeit zurückbekommen?" Sie erinnert sich tatsächlich noch an die Arbeit. Gestern Nachmittag hatte ich ihr erst die wichtigsten Sachen aus unserem Leben erklärt. Die Schule ist dabei nicht zu kurz gekommen.

„Nein, die Arbeit hat Frau Winkel zwar schon korrigiert, aber noch nicht die endgültigen Noten darunter geschrieben. Sie ist wohl eher nicht so gut ausgefallen. Daher muss sie erst noch über die genaue Punkteverteilung nachdenken. Aber das ist jetzt nicht so wichtig. Ändern kann ich jetzt eh nichts mehr."

Ich lasse mich auf mein Bett plumpsen und sehe fragend zu der kleinen Hexe hinüber. „Was machen wir heute? Hast du schon darüber nachgedacht, wo wir heute mit unseren Nachforschungen anfangen wollen?"

„Du hast mir doch von der kleinen Fußgängerzone in der Ortsmitte erzählt, von den vielen alten Fachwerkhäusern und den engen Gassen. Die würde ich mir gerne ansehen. Und in der Eisdiele würde ich gerne ein Eis probieren. Danach sehen wir weiter." Ich sehe zweifelnd zum

Fenster hinaus. Die Luft ist klar und kalt. Schnee fällt im Moment nicht, aber der Gedanke an Eis lässt mich frösteln.

„Also im Moment gibt es in der Eisdiele eher ein Café, man kann Waffeln, Kakao und Tee dort bekommen." Die Enttäuschung ist Einoel in das Gesicht geschrieben. „Aber ich glaube, dass es zumindest eine kleine Auswahl an Eissorten gibt." Sichtbar hellt sich ihre Miene wieder auf: „Oh, das will ich hoffen. Seit du mir gestern von deinem Ort hier erzählt hast, ist mir vor allen Dingen das Cookie-Eis nicht mehr aus dem Kopf gegangen. Mein Magen knurrt schon alleine bei dem Gedanken daran. Aber eine Waffel ist auch nicht zu verachten. Können wir gleich aufbrechen?"

„Ich muss noch kurz Mama Bescheid sagen, aber dann können wir uns auf den Weg machen. Soll ich dich in meine Jackentasche stecken?"

„In deine Jackentasche stecken? Ich bin doch kein 'Keks für unterwegs'!" Einoel Nimsaj sieht mich geradezu entgeistert an. „Ich denke, dass ich gut selber laufen kann." Jetzt staune ich wohl die Bauklötze. „Aber bei den kleinen Schritten, die du nur machen kannst, brauchen wir Wochen, um in der Ortsmitte anzukommen!"

„Weist du denn nicht mehr, was wir gestern erst gemeinsam erlebt haben? Du hast mich doch auch in meinem Haus besucht!"

„Ja schon. Du meinst also, dass du groß wirst, wenn du in meine Welt kommst?"

„Ja, genau."

„Aber warum bist du dann nicht gleich beim Verlassen deines Hauses groß geworden?"

„Dazu gab es keine Notwendigkeit. Solange ich mich in der Nähe meines Hauses bzw. im selben Zimmer mit ihm aufhalte, behalte ich meine kleine Gestalt. Das ist dann auch so eine Art Schutzfunktion. Man kann ja vorher nie genau wissen, wo man mit seinem Haus landet, ob man dort überhaupt willkommen ist."

„Wenn du also mit mir aus dem Zimmer gehst, dann wirst du groß. Wie soll ich bitte dann meiner Mutter erklären, wer du bist? Oder kannst du dich vielleicht auch unsichtbar machen?"

„Nein, das wohl eher nicht. Soweit habe ich noch gar nicht gedacht." Einoel läuft vor der Türe ihres Hauses auf und ab. „Gib mir noch einen kleinen Moment. Mir fällt schon gleich eine Lösung ein."

Abrupt bleibt Einoel stehen. „Ich glaube, …..mir fällt doch keine Lösung ein." Schnaufend lässt sie sich auf den Po plumpsen. „Vermutlich hast du noch keine Erfahrung damit, deiner Mutter von echten Hexen zu erzählen?"

„Nein, ehrlich gesagt habe ich die nicht und möchte auch nicht heute damit anfangen. Aber ich glaube, ich weiß, wie wir dich hier ungesehen raus bekommen."

„Oh, das ist gut. Dann lass uns gehen! Mein Magen knurrt schon ziemlich unangenehm." Sofort ist sie auf den Beinen und streckt mir die Arme entgegen, damit ich sie auf den Boden stellen kann. „Oh, Einoel! Willst du nicht erst einmal hören, was ich mir überlegt habe?"

„Nur, wenn es nicht zu lange dauert!"

„Nein, es dauert nicht lange. Geh bitte in dein Haus! Du ziehst kurzzeitig um." „Oh Anna, sei aber bitte vorsichtig beim Tragen. Wenn du das Haus fallen lässt, dann bekomme ich großen Ärger und außerdem werde ich leicht seekrank. Das wollen wir beide lieber nicht erleben."

„Nein, ich werde ganz vorsichtig sein, versprochen. Aber jetzt geh hinein. Es wird Zeit. Ich möchte zurück sein, bevor es dunkel wird. Und dunkel wird es um diese Jahreszeit ziemlich früh."

„Ich denke, jetzt ist es an mir zu vertrauen." Mit einem Lächeln im Gesicht dreht Einoel sich um und geht in ihr Haus. „Ja dann, bis gleich!"

So behutsam ich kann, nehme ich ihr Haus, öffne meine Zimmertür und schaue erst einmal vorsichtig in den Flur. Aus dem Wohnzimmer dringen dampfende Geräusche. Da ist Mama wohl am bügeln. Das passt gut. So leise wie möglich, schleiche ich in Socken die Stufen unserer Holztreppe hinunter. Unter meinen Füßen ächzt die alte Treppe leise. Eins, zwei, drei, die vierte Stufe übersteigen, denn die knarzt besonders laut. Kurz darauf stehe ich im unteren Flur. Geradeaus vor mir befindet sich die Haustür, rechts daneben der Hauswirtschaftsraum und auf der linken Seite das Gäste WC.

Es ist gar nicht so einfach, mit dem Haus in der Hand und nur unter Zuhilfenahme meines Ellbogens, die Türe auf zumachen.

Ich stelle das Haus auf dem Tisch in der linken Ecke neben der Waschmaschine ab. „Einoel, bleib bitte noch einen Moment drin. Ich bin gleich wieder da." Wieder schleiche ich die Treppe hoch, überspringe die knarzende Stufe und muss nur noch ein paar passende Klamotten finden.

Mist, die beiden anderen Jeans sind wohl noch bei Mama im Wohnzimmer und werden gerade gebügelt. Sie wird sich wundern, wozu ich jetzt gleich noch eine Hose brauche. „Anna, kommst du bitte mal!" Oh, das ist wohl schief gelaufen. Bestimmt hat sie jetzt im Hauswirtschaftsraum das Lebkuchenhaus entdeckt. Das Schnaufen des Dampfbügeleisens ist nicht mehr zu hören. „Ja Mama, bin sofort unten!" Einoel wird ziemlich enttäuscht sein.

Als ich unten ankomme, steht die Tür zum Wohnzimmer offen. „Hier sind deine fertigen Klamotten, kannst du sie bitte gleich in dein Zimmer räumen."

„Oh, das ist gut, ich …..ich meine, ja mach ich gleich. Und dann kann ich den Bügeltisch und das Bügeleisen in den Hauswirtschaftsraum bringen."

„Oh danke, das ist lieb von dir." „Ach, das mach ich doch gerne. Und Mama, ich wollte gleich noch mal in die Fußgängerzone, ich bin um Fünf Uhr auf alle Fälle wieder da." „Ja, das ist in Ordnung." Schnell bringe ich meine Sachen, abgesehen von einer Jeans und einem Pullover, in mein Zimmer. Die beiden Teile lege ich schnell noch im Gäste WC ab. Anschließend räume ich noch den Bügeltisch und das Bügeleisen weg.

„Einoel, bist du noch da?"

„Wo sollte ich denn hingegangen sein?"

Langsam geht die Türe des Lebkuchenhauses auf und Einoel schaut vorsichtig um die Ecke. „Was hast du eben hier herein getragen. Es hat geschnauft, als wäre ein hundert Jahre alter Drache mit dir hereingekommen?" „Ach, das war nur das Dampfbügeleisen. Ich habe es aus Versehen waagrecht hier auf den Tisch gestellt. Wenn es noch heiß ist, dann schnauft es eben noch mal nach."

„Aber jetzt bleibt es, wo es ist?" „Ja natürlich, seit wann bewegen sich Bügeleisen von alleine? Ich hab zumindest noch keins gefunden, das so was könnte. Eine lustige Vorstellung." „Keineswegs, bewegliche Eisen waren noch nie ein Grund zum Lachen. So manches Lebkuchenhaus ist schon einem heißen Eisen, das außer Kontrolle geraten ist, zum Opfer gefallen. Damit ist nicht zu spaßen, also bügele schön immer selbst. Wenn man so ein Eisen erst einmal aus Faulheit erweckt hat, ist es nur schwer wieder zu bändigen. Sie langweilen sich so schnell."

Ich schaue sie vermutlich gerade etwas verständnislos an: „Ich weiß eigentlich nicht genau, was du damit meinst, Einoel?" Einoels Augen weiten sich in wachsender Erkenntnis: „Du kennst den Zauberspruch dafür gar nicht, stimmt's? Na, dann brauche ich mir ja keine Gedanken machen. Du kannst einen wirklich erschrecken! So jetzt müssen wir aber zusehen, dass wir uns auf den Weg machen." Einoel ist bereits unterwegs zur Tür.

„Vielleicht solltest du dich erst umziehen. Verstehe mich nicht falsch, deine Kleider sind wunderschön aber wahrscheinlich doch ein wenig zu auffällig, um in der Stadt damit herumzulaufen." Einoel schaut an ihrem glänzenden Gewand hinunter. „Da hast du Recht, meinst du denn, dass mir deine Sachen passen?" „ Am besten setze ich dich erst einmal auf den Boden. Genau gegenüber von diesem Raum befindet sich die Tür zum Gäste WC. Sobald du diesen Raum verlässt, müsstest du ja eigentlich groß werden und dann kannst du die Sachen anprobieren, die ich dort auf dem Schrank für dich abgelegt habe. Aber du musst leise sein. Meine Mutter ist im Wohnzimmer am anderen Ende des Flurs."

Ich öffne die Tür und lasse Einoel an mir vorbeigehen. Ich trete hinaus, drehe mich zum Schließen der Türe um, will mich der kleinen Hexe wieder zuwenden und kann gerade noch so einen Aufschrei unterdrücken. Die kleine Hexe ist nun ziemlich groß, ich muss zu ihr aufschauen. Ihre großen, grünen Augen blitzen mich an und in ihrem roten, langen Haar kann ich neben den Glöckchen des Haarbands tausende kleine Kristalle funkeln sehen. Es scheint so, als habe es eben gerade geschneit und jede Flocke in ihrem Haar zu einem wunderschönen Kristall erstarrt sei.

„Das ging ja schnell", flüstere ich ihr zu. „Ich habe gar nicht gesehen, wie du so groß geworden bist. Und außerdem höre ich mich gerade an, wie meine eigene Tante. Die sagt zu Weihnachten, wenn sie mich dann einmal im Jahr sieht, auch immer, dass ich wieder so groß geworden bin." Ich muss die Luft anhalten, damit ich nicht laut loslachen muss. „Komm, da im Bad liegt alles für dich. Zieh dich schnell um! Ich hole nur noch schnell eine weitere Jacke für dich."

Dick eingepackt stehen wir schließlich vor der Tür. Inzwischen hat es wieder angefangen zu schneien.

„Im Moment sehen wir uns ziemlich ähnlich. Meine Haare sind fast so lang wie deine, und Kristalle im Haar kann ich jetzt auch vorweisen, nur das meine aus Schnee sind und wieder schmelzen. Wie kannst du deine im Haar fixieren?"

„Ich 'fixiere' sie nicht im Haar." Einoel nimmt eine dicke Haarsträhne in die Hand und legt sie über die Schulter nach vorne. „Die Kristalle im Haar hängen mit unserer magischen Fähigkeit zusammen. Je größer sie ist, umso mehr Kristalle befinden sich im Haar. Wenn die Kristalle weniger werden, ist das ein Zeichen dafür, dass wir erst einmal nach Hause zurückkehren und uns erholen müssen. Ansonsten könnten wir unsere magischen Fähigkeiten verlieren. Aber bei mir gibt es im Moment keinen Grund zur Sorge."

„Es sieht wunderschön aus."

„Ach Anna. Das kommt dir nur so vor, weil es hier etwas Besonderes ist. Bei uns hat jede Hexe die gleichen Kristalle im Haar und keiner interessiert sich dafür. Deine Haare wären aber eine Besonderheit. Eigentlich hat doch alles nur den Wert, den wir und andere ihm selbst geben."

Inzwischen haben wir den Anfang der Fußgängerzone erreicht und das Aussehen der Häuser hat sich verändert. Hier stehen nun hauptsächlich alte Fachwerkhäuser, deren untere Etage alle großen Ladenfenster aufweisen. Tee, Schreibwaren, Spielwaren, Künstlerbedarf, Wolle, Handys, für alles gibt es ein eigenes Fachgeschäft. Jedes Schaufenster ist weihnachtlich geschmückt, so dass sie im Grunde fast alle gleich aussehen. Nur das Fenster mit den Spielwaren sticht etwas aus der Menge heraus, da in ihm eine wunderschöne Eisenbahn durch eine winterliche Landschaft ihre Bahnen zieht. Auf drei Güterwagons befinden sich stapelweise Geschenke.

Einoel bleibt vor diesem Schaufenster stehen. „Ganze Wagons voller Geschenke. Es sieht schön aus. Ich würde zu gerne wissen, was sich in diesen vielen Kartons befindet. Wie weit ist es noch bis zu dem Café. Ich könnte langsam einen warmen Kakao vertragen. Ich spüre meine Füße kaum noch."

„Wir sind gleich da. Da vorne, der große runde Platz, das ist der Marktplatz. An der linken Seite sieht man schon den Eingang. Kannst du die großen Laternen an beiden Seiten der Tür erkennen? Die Waffeln dort sind die besten, die es im ganzen Umkreis gibt."

„Komm, wir rennen ein Stück! Dann wird uns wenigstens wieder warm" und schon ist sie weg.

Es ist wenig Betrieb und wir finden ohne Probleme einen Tisch am Fenster. Einoel schaut sich verwundert um. „Es gehen wohl nicht viele Waffeln oder Eis essen? Ist es hier wirklich so gut?" „Es ist Montagnachmittag, da müssen die meisten arbeiten. Freitags ist es hier voller und ja, es schmeckt hier wirklich gut."

„Und Einoel, ist dir auf dem Weg hierher schon etwas aufgefallen, was uns weiterhelfen könnte?" „Du meinst die tägliche Erkenntnis? Nein, noch nicht. Aber manchmal muss man einfach ein wenig Geduld haben. Viele Dinge sind wie Schmetterlinge, wenn man Ihnen hinter her jagt, dann fliegen sie fort."

Als wir die letzten Bissen unserer Waffeln (mit Eis, warum soll man sich für eines entscheiden, wenn man beides haben kann) noch genießen, wird die Türe aufgestoßen und es kommt ein kalter Hauch bis an den Tisch.

Die beiden Mädchen, die gerade hereingekommen sind, setzen sich an unseren Nebentisch. Sie sind so in ihr Gespräch vertieft, dass unsere Anwesenheit sie nicht im Geringsten stört:

„Ich kann es kaum glauben, dass ich in der zweiten Chemie-Arbeit auch noch ein glatte Eins geschrieben habe. Ich hab aber auch gut dafür gelernt. Da konnte eigentlich nichts anderes bei raus kommen."

„Ich habe aber auch dafür gelernt, und trotzdem wirbeln während der Arbeit die ganzen Formeln einfach wirr durch meinen Kopf und ich kann mich an keine einzige richtig erinnern. Ich meine, ... wir haben doch zusammen gelernt. Du weißt, dass ich sie eigentlich konnte. Ich hätte es schaffen können."

„Hätte, hätte Fahrradkette. Am Ende zählt nur, was du tatsächlich geschafft hast. Und unter deiner Arbeit steht keine Eins. Da steht die Vier. Wen interessiert es da schon, dass du gelernt hast.

Du bist meine Freundin, aber du bist einfach dümmer als ich. Mach dir nichts daraus. Es kann nicht jeder gut sein..."

Ich kann kaum glauben, was ich da höre. „Und so was nennt sich Freundin. Einoel, hast du..." Ich beuge mich zu ihr hin, damit ich leiser sprechen kann, aber die kleine...große Hexe ist in ihre eigenen Gedanken versunken. Sie legt ihre Haare nach vorne und murmelt leise vor sich hin."Veracem adloquium, veracem adloquium, veracem adloquium." Ich verstehe den Sinn dieser Worte nicht, aber ich sehe, wie die Kristalle in ihrem Haar zu strahlen beginnen. Den hellsten nimmt sie aus ihren Locken, legt ihn auf ihre flache Hand und pustet ihn zielsicher in Richtung der unfreundlichen Freundin.

Ganz langsam schwebt der Kristall in kreisenden Bewegungen zu seinem Ziel. Vor ihrem Gesicht zerfällt er in silbernen Nebel, so dass sie in unbemerkt im Redeschwall mit einatmen kann. Und dann ist es still.

„Einoel, was hast du gemacht? Geht es ihr gut?" „Natürlich geht es ihr gut. Ich habe ihr nur etwas geschenkt!"

„Was hast du ihr geschenkt?"

„Freundliche Wahrheit."

„Wie meinst du das, hat sie gelogen?"

„Nein gelogen hat sie wahrscheinlich nicht. Das ist auch gut so, denn was man sagt, das sollte wahr sein. Aber nicht alle Wahrheiten sollte man sagen. Und wenn es doch notwendig ist, dann sollte man sie freundlich sagen. Und diese Fähigkeit habe ich ihr geschenkt. Warte mal einen Moment ab." Am Nebentisch ist es immer noch leise.

„Einoel, das Ganze ist mir unheimlich, kannst du nicht…" Einoel legt ihren Zeigefinger auf den Mund, lächelt mich an und schaut zu unserem Nachbartisch.

„Wovon haben wir gerade gesprochen..., ach ja, es ging um die Chemie- Arbeit. Das tut mir wirklich leid, dass die Arbeit für dich nicht so gut gelaufen ist. Dabei haben wir beide so viel dafür gelernt. Du bist bei den Arbeiten sehr nervös. Wir könnten beide zusammen nochmal mit Frau Sputnik reden. Vielleicht weiß Sie etwas, das bei Prüfungsangst helfen kann."

„Das ist nett von dir. Ich weiß mir nämlich langsam keinen Rat mehr. Eigentlich kann ich den Stoff. " ……

Eine halbe Stunde später machen wir uns wieder auf den Heimweg, aber nicht ohne noch einmal vor dem Schaufenster mit der Eisenbahn anzuhalten.

„Die Waffeln waren doch jetzt wirklich lecker, oder?"

„Ja, das waren sie, und das Eis auch. Den Vanilleduft habe ich immer noch in der Nase."

„Jetzt wo du die Nase erwähnst … Wie lange wird der 'Freundliche Wahrheit' Zauber den anhalten? Werden die beiden wirklich zu der Lehrerin gehen?"

Einoel dreht sich zu mir um: „Keiner kann sagen, was die beiden in

Zukunft machen werden. Aber die Freundlichkeit war weniger ein Zauber sondern eher ein Geschenk. Und mit Geschenken ist das so eine Sache. Man kann sie benutzen oder einfach in die hinterste Ecke eines Schrankes stecken."

Der Zug mit den Geschenken fährt gerade wieder vor uns vorbei. „Das war wirklich ein schönes Geschenk. Und dabei war es noch nicht einmal eingepackt."

DIENSTAG, DER 4. DEZEMBER

Es ist Nachmittag. Die Hausaufgaben sind alle gemacht und ich sitze mit Einoel zusammen in ihrem Haus. Heute trinken wir Bratapfeltee. „Wenn ich es nicht besser wüsste, dann würde ich jetzt behaupten, dass wir verflüssigten heißen Apfel mit zermahlenen Nüssen und Zimt in unsere Tassen haben. Dieser Tee ist unglaublich." Einoel ist tief in Gedanken versunken und scheint mich nicht zu hören.

„Einoel, was ist mit dir?"

Erschrocken sieht die kleine Hexe zu mir auf und schaut mich fragend an. Ihre kleine Stirn ist in tiefe Falten gelegt.

„Ich...hast du was gesagt?"

„Ja, schon. Ich habe gerade deinen Tee bewundert. Er schmeckt so 'echt'. Nicht wie nur Wasser mit Geschmack."

„Ja, ich weiß, was du meinst. Solche Tees sind unsere Spezialität. Rezepte werden leider nicht weiter gegeben. Großes Hexengeheimnis!"

„Einoel, was ist denn los mit Dir. Deine Stirn sieht aus wie die von einem chinesischen Faltenhund. Worüber zerbrichst du dir so den Kopf?"

„Solange nur meine Stirn so aussieht geht es ja noch." Einoel lächelt mich tapfer an. „Weißt du eigentlich, dass der Name ‚Shar-Pei', so heißt der Hund nämlich ursprünglich, ganz falsch mit ‚Faltenhund' übersetzt wird? Eigentlich heißt er ‚Sand-Haut-Hund'.

Es ist außerdem zufälliger Weise mein Lieblingshund. Eigenartig, dass du mich gerade mit ihm vergleichst. Wenn ich irgendwann einmal einen Hund anschaffe, dann wird es ganz sicher ein Sand-Haut-Hund. Der Kopf groß wie eine Melone, Ohren wie Muscheln, die Nase wie ein Schmetterling, der Hals wie beim Nilpferd, das Hinterteil wie beim Pferd und die Beine wie beim Drachen. Das ist mein Hund. Seine Zunge, das Zahnfleisch und die Gaumen sind blau oder blauschwarz. Hast du so einen schönen Hund schon einmal gesehen?"

„Ich kenne Bilder von den kleinen Welpen, die irgendwie nur aus Falten bestehen, aber einen ausgewachsenen Hund habe ich noch nicht gesehen. Blaue Zunge und Zahnfleisch, das kann ich mir gar nicht vorstellen."

„Der Sand-Haut-Hund ist eben etwas ganz besonderes. Später hat er übrigens nicht mehr so viele Falten. Je älter er wird, desto weniger Falten hat er. Ist irgendwie praktischer als bei den Menschen. Die Welpen besitzen mehr überflüssiges Fell. Erst bilden sich die Falten zwischen der 2. und 16. Woche und dann wächst der Hund in sein Fell hinein. Wenn er ausgewachsen ist, hat er nur noch auf der Stirn und am Hals einige Falten." Einoel kann sich vor Lachen kaum noch halten. „Du hast tatsächlich Recht. Ich sehe wirklich wie mein Lieblingshund aus."

„Hauptsache, du lachst wieder. Also was war denn eben los?" Einoel muss sich erst einmal die Lachtränen aus den Augen wischen und einen Schluck Tee nehmen. „Mmh, du hast recht. Der Tee ist mir diesmal wirklich sehr gut gelungen." Sie nimmt noch einen Schluck, und ich übe mich in Geduld. So gut kenne ich Einoel inzwischen schon. Ich weiß ganz genau, dass es keinen Zweck hat, sie zu drängen. Dann lässt sie sich nur umso mehr Zeit.

„Klug zu fragen ist immer schwieriger als klug zu antworten!"

Einoel schaut mich erwartungsvoll an. Aber irgendwie fällt mir dazu nichts ein.

Nach einem Moment spricht sie leise weiter, so als hätte sie Angst, dass uns jemand belauschen könnte. „Ich glaube, dass ich mich bis jetzt noch nicht besonders klug verhalten habe." Ich verstehe sie noch immer nicht. „Weißt du Anna, ich suche Antworten für meine Ur-Ur-Ur-Ur-Ur-usw.-Großmutter aber wie soll ich Antworten finden, die ihr weiterhelfen, wenn ich mir noch gar nicht die passenden Fragen überlegt habe? Ich muss mir erst einmal darüber klar werden, wonach ich suchen muss! Nur dann kann ich Erkenntnisse bekommen, die auch wirklich hilfreich sind. Und darüber habe ich nachgedacht, als ich meinem Sand-Haut-Hund so ähnlich gesehen habe. Ich glaube wirklich, dass ich im Moment noch nicht die richtige Frage gefunden habe. Das ist wirklich knifflig."

Jetzt bin ich diejenige, die erst mal einen Schluck Tee nehmen muss und sich den Kopf zerbricht, ob nicht irgendwo ein schlauer Satz zu finden ist, der Einoel weiter bringt. So richtig habe ich noch nicht verstanden, was sie genau mit der Suche nach der Frage meint. Aber ich erinnere mich daran, was meine Mutter oft sagt, wenn ich nicht weiter weiß und die Lösung eines Problems mir zu schwer erscheint:

„Oft sind es nicht die Dinge, die schwierig sind. Unsere Gedanken lassen sie nur schwierig aussehen. Meine Mutter meint dann immer, dass ich mein Problem mal für einen Tag an die Seite legen und es nur mal von weitem anschauen soll. Und wenn ich mich dann noch mit etwas Schönem ablenke, kommt die Lösung vielleicht von ganz alleine. Deine Gedanken bekommen mit etwas Abstand einen viel besseren Überblick."

Einoel neigt nachdenklich ihren Kopf zu Seite. „Ich glaube du hast Recht. Morgen unternehmen wir einfach etwas Schönes für uns. Wir sollten in den Zoo gehen."

„In den Zoo gehen? Denkst du daran, dass Winter ist? Dass Schnee liegt? Kein Mensch geht im Winter in den Zoo! Wir werden jämmerlich erfrieren! "

„Also, erstens bin ich mir nicht sicher, ob wir tatsächlich die ersten Menschen im Winter im Zoo sein werden und zweitens muss man nicht immer das machen, was alle tun. Das wäre unerträglich langweilig."

MITTWOCH, DER 5. DEZEMBER

„Und du bist dir ganz sicher, dass wir tatsächlich heute in den Zoo gehen wollen?" Den Vormittag über hatte die Sonne hin und wieder zwischen den dicken Wolken hervor geblitzt, aber im Moment ist der Himmel wieder Wolken verhangen und alles sieht Grau in Grau aus. „Lass uns doch lieber wieder zusammen in deinem Knusperhäuschen sitzen und den nächsten Tee probieren." Ich setze einen Blick auf, der dem eines Dackels nicht unähnlich ist, aber Einoel ist heute für beeinflussende Versuche dieser Art nicht zugänglich. Denn kleine Hexen können wiederum mit der Sturheit eben dieser Vierbeiner bestens konkurrieren: „Nein, der Tag heute ist genau richtig für einen Besuch im Zoo. Wenn es für dich heute tatsächlich das erste Mal ist, dass du einen Zoo im Winter besuchst, dann wird es allerhöchste Zeit!

„Also gut, gegen deine Sturheit komme ich nicht an." Einen tiefen Seufzer kann ich mir jedoch nicht verkneifen. „In einer halben Stunde fährt der nächste Bus. Wenn ich es nicht vermeiden kann, dann will ich wenigstens gleich los."

Gerade als wir durch den großen Torbogen am Eingang des Tiergartens hindurch sind, schweben wieder die dicksten Flocken leise vom Himmel.
Ich ziehe meine Kapuze enger um mein Gesicht. Einoel hat dagegen deutlich ihren Spaß. Sie schaut auf den kleinen Flyer, den wir

eben am Eingang bekommen haben und versucht herauszufinden, wo sie am liebsten als erstes vorbei schauen möchte. „Irgendwie ist es schon ein wenig merkwürdig hier." Ich halte vergeblich nach anderen Besuchern Ausschau. Aber weit und breit ist niemand zu sehen. Stattdessen werden wir misstrauisch von ein paar Schafen des Streichelzoos beäugt. Die Rollen scheinen vertauscht. Im Moment sind wir beide die ungewöhnliche Spezies, die in die Ruhe der winterlichen Tiergehege eindringt. Ich stoße Einoel mit dem Ellbogen an. „Ich hab es dir doch gesagt. Außer uns ist tatsächlich niemand hier." „Ja und?" Einoels Nase taucht für einen kurzen Moment aus dem Flyer auf. „Ist doch toll!" Und schon ist sie wieder weg. „Da haben wir überall einen Platz in der ersten Reihe. Gehen wir als erstes zu den Seehunden?" „Von mir aus schon, aber erst schau ich noch mal bei den Schafen vorbei. Wenn wir schon mutterseelenallein hier sind und von den Schafen beobachtet werden, dann kann ich auch gerade hingehen und die Schafe kraulen. Schließlich sollen sie mich in guter Erinnerung behalten."

Als wir bei den Seehunden ankommen, sind meine Fingerspitzen schon leicht angefroren. Ich hätte mir wirklich Handschuhe einpacken sollen. Nein, ganz zuhause zu bleiben, wäre die bessere Entscheidung gewesen. Was hatte ich mir nur dabei gedacht. Gerade drehe ich mich zu Einoel, um ihr einen nett gebundenen Strauß höflicher Vorhaltungen zu überreichen, da streift mein Blick die Seehunde in ihrem Wasserbecken.

Sie ziehen ihre Kreise an uns vorbei, beobachten uns. Ein dritter kommt hinzu. Sie sind wohl im Moment kaum Menschen gewöhnt. Die momentane Ruhe im Zoo scheint sie unbefangener zu machen. Nach einem kurzen Moment sind wir als ungefährlich eingestuft und erfordern keine weitere Aufmerksamkeit.

Einer der Seehunde legt sich wieder am Grund auf die Seite und schläft, schaut kurz zu uns auf und schläft wieder weiter. Ist das zu fassen? Er ist ein Seitenschläfer wie ich! Die anderen beiden schwimmen zu der Mitte des Beckens. Der Schnee wird dichter. Mein Atem bildet regelmäßige Wölkchen, die sich im Schneetreiben verlieren.

Die Seehunde „stehen" sich im Wasser gegenüber, drehen sich um sich selbst, schauen mit ihren großen schwarzen Augen in den Himmel und beginnen mit ihrer Schnauze die dicken Schneeflocken zu fangen. Das leise Plätschern des Wassers, das sich im Kreis um die großen Körper bewegt, ist der einzige Laut, der diese wunderschöne Szene begleitet.

So etwas Wunderbares habe ich noch nie gesehen. Ich versuche das Bild in meine Erinnerung einzubrennen. „Einoel", flüstere ich leise. „Danke, dass du mich hierher gebracht hast!" Ihr Blick bleibt auf die beiden Seehunde gerichtet, aber ich sehe das Lächeln, das sich auf ihrem ganzen rosigen Gesicht ausbreitet.

„Ich glaube, wir sollten uns wieder ein wenig bewegen, sonst frieren wir hier noch fest!" Einoel faltet den Plan mit ihren kalten Händen zusammen. „Wir finden uns bestimmt auch so zurecht. Hier ist ja alles gut beschildert und ausgewiesen. Was hältst du davon, wenn wir als nächstes zu den Falken und Greifvögeln gehen würden?"
„Ich liebe Eulen, da müssen wir auf alle Fälle hin!"
Die Falknerei befindet sich erhöht auf einem Hügel innerhalb des Tiergartens. In großen Bögen schlängelt sich der Weg den Berg hinauf. Links und rechts ist der Weg von, im Moment, kahlen Bäumen gesäumt. In regelmäßigen Abständen stehen immer wieder Schilder, die auf die vorhandenen Greifvögel und Eulen aufmerksam machen und die markantesten Eigenarten in Aussehen und Verhalten erläutern. Vor jedem Schild bleibe ich stehen und versuche mir die wichtigsten Aussagen zu behalten, damit ich gleich weiß, wer mir gegenübersteht äh …. sitzt.

Als wir auf dem Berg die freie Ebene erreichen, ist der Schneefall wieder dichter. Riesige Flocken schweben dicht an dicht auf uns hinunter.

Ansonsten herrscht nur unglaubliche Stille. Alleine das Knirschen des frischen Schnees unter unseren Füßen ist zu hören. Direkt vor uns befindet sich ein großer Freiflug Platz. Hinter dieser großen Schneefläche, die durch keine Spur durchbrochen wird, befinden sich einige Holzhütten. In Unterständen davor können wir schon einige der Greifvögel erkennen.

Es ist ein wunderschöner Anblick. Im Näherkommen erkenne ich bereits meine liebste Eule. Die Schneeeule. Mit dick aufgeplustertem Fellkleid sitzt sie dort und schaut mich nur aus halbgeöffneten Augen an. Die Stille hält an. Fast scheint es, als würden wir ins Visier genommen und überprüft. Zu ungewöhnlich sind Besucher zu dieser Jahreszeit. Nach einem Moment setzen die Laute der Vögel wieder ein. Ein leises uhuhen hier und ein markanteres Kreischen da. Die „Unterhaltung" wird wieder aufgenommen.

Wir gehen langsam weiter.

Als nächstes kommen wir zu den Schleiereulen. Sie sind kleiner als die Schneeeule und besitzen keine „Federohren". Dafür haben sie ein herzförmiges, weißes Gesicht mit kleinen Augen. Im Gegensatz zu den Schneeeulen wirken sie etwas unnahbar und geheimnisvoll.

Daneben befinden sich Zwergeulen.

„Oh Einoel, sieh nur!" Ich flüstere ganz leise, um die Eulen ja nicht zu erschrecken. „Hast du schon einmal so kleine Eulen gesehen?"

„Nein, aber mit den winzigen Federohren und dem graubraunen, schwarzstrichigem Gefieder sehen sie wie kleine Baumstümpfe aus. Das nenn` ich mal perfekte Tarnung. Warum flüstern wir eigentlich?"

„Es ist schon rücksichtsvoll, dass ihr euch so schön ruhig verhaltet. Aber flüstern müsst ihr wirklich nicht."

„Uch", erschrocken drehe ich mich zu der Stimme hinter mir um. Ein Mann in dunkelblauer Wachsjacke steht dort, die mit Schnee bedeckte Mütze tief in das Gesicht gezogen. In der Hand hält er einen lederartigen Beutel. Ich sehe gelbe Federn und ahne schon, was sich darin befinden muss.

„Tut mir leid. Ich wollte euch nicht erschrecken. Ich bin hier der Falkner. Und es ist Zeit, die Tiere zu füttern. Wenn ihr mögt, könnt ihr gerne dabei zusehen."

„Das gelbe da", frage ich vorsichtig, „sind das kleine Küken?" Mir graut schon vor der Antwort.

„Ja, da hast du recht, aber die Greifvögel brauchen nun einmal entsprechendes Futter. Da lässt sich die Natur nicht reinreden. Und ein bisschen Bewegung kann ihnen auch nicht schaden. Wie wäre es mit einer privaten Flugshow für euch beide. Um diese Jahreszeit haben wir hier nicht oft Besuch."

Ich schaue Einoel flehend an. Ich liebe Eulen und will dieses unschlagbare Angebot unbedingt annehmen. „Ist das für dich in Ordnung, können wir noch ein wenig hierbleiben?" Einoel tippelt von einem Fuß auf den anderen: „Ich bin quasi schon erfroren, aber was soll's. War ja schließlich meine Idee, bei dem Wetter her zu kommen. Da kann ich dich jetzt wohl kaum weiter zerren!"

Ich falle ihr, so gut es mit den Winterklamotten eben geht, um den Hals. „Aua Anna. Es ist wenig hilfreich, wenn ich zu meinen Erfrierungen auch noch von dir erdrückt werde."

„Tschuldigung, musste aber sein!"

Nachdem die Eulen einige Runden über den Platz gedreht haben, lockt der Falkner sie mit seinen Leckerbissen wieder an. Als erstes lässt sich die Schneeeule auf seinem lederbehandschuhten Arm nieder.
„Magst du sie auch mal auf den Arm nehmen?" Ohne meine Antwort überhaupt abzuwarten, zieht er den riesigen Lederhandschuh aus und schiebt ihn samt Eule über meinen Arm. Da sitzt sie nun, mit ihren großen, dunklen Augen und schaut aufmerksam in alle Richtungen. Ich weiß ja, dass Eulen im Hellen nicht wirklich gut sehen können. Und doch erscheint es mir auf einmal so, als fokussiere sie plötzlich meine Augen. Alles andere wird unwichtig. Da ist nur noch dieses wunderschöne Geschöpf und ich habe es auf dem Arm.

Am Abend kommen Einoel und ich völlig durchgefroren aber glücklich zu Hause an. „Anna, was meinst du. Eine Tasse Tee in meinem Haus. Du suchst die Sorte aus." „Ja-a-a-a." Ich komme aus dem Bibbern gar nicht mehr hinaus. „Un-n-n-bedingt."

Bei einer Tasse Bratapfeltee kehrt meine Sprechfähigkeit wieder langsam zurück. „Einoel, ich bin so froh, dass du mich heute dazu gebracht hast, mit dir bei diesem Wetter in den Zoo zu gehen. Es war unbeschreiblich schön! Ich glaube, daran werde ich noch denken, wenn ich mit Neunzig in meinem Schaukelstuhl sitze. Das hätten wir alles nicht gesehen und erlebt, wenn wir alles so gemacht hätten, wie alle anderen. Es war einfach nur wunderschön."

„Ja, genau das will ich mir auch merken. Ich glaube, man sollte immer wieder nach Dingen suchen, die man zum ersten Mal machen kann. Dann wird einem viel Schönes begegnen. Das kann Hexen auch nicht schaden."

„Bevor ich mich jetzt schlafen lege, muss ich gerade noch meinen Teller vor die Tür stellen!" Ich stehe auf und gehe vor die Tür. An das Schrumpfen und Wieder-Wachsen habe ich mich schon gut gewöhnt. In den unendlichen Tiefen meines Schrankes krusche ich solange, bis ich meinen Blechteller zum Vorschein bringe, der mit blauen, roten und dunkelgrünen Schleifen verziert ist. In der Mitte prangt ein Mann mit einem weißen Bart und rotem Mantel. Einoel linst vorsichtig über meine Schulter: „Wer ist das? Und warum legst du sein Bild auf den Boden vor deiner Türe ab?"

„Das ist doch kein Bild. Ich stelle meinen Teller auf. Das in der Mitte ist Nikolaus und er wird uns morgen besuchen!"

DONNERSTAG, DER 6. DEZEMBER

„Anna, Aaaannnnnaaaa wach auf! Auuuuuuuufwachen!" Einoel steht an meinem Bett und rüttelt mich erbarmungslos durch.
„Einoel? Aber was … ist … denn … los? Ich..., oh, ich bekomme meine Augen nicht auf. Ich bin noch viel zu müde. Mein Wecker hat noch gar nicht gerappelt. Lass mich in Ruhe!" Ich drehe mich auf die andere Seite und presse das Kissen fest auf meinen Kopf.
„Benutzt man das nicht eigentlich anders herum." Einen kurzen Moment ist Einoel tatsächlich irritiert, aber sie hält sich nicht besonders lange bei diesen Überlegungen auf. „Ach, egal! Er war da! Anna hörst du? Er war da!" Und erneut setzt das Erdbeben ähnliche Wecken wieder ein. „Wen genau meinst du?" Ich habe kapituliert und sitze im Halbschlaf auf der Bettkante. „Ich hoffe für dich, dass es mindestens Robert Pattinson war!"

„Robert wer? Ich denke, er heißt Nikolaus? Du hast mir gestern Abend versprochen, dass du mir heute Morgen genau erklärst, warum du einen Teller vor dein Zimmer stellst und wer kommt. Es war jedenfalls jemand da und du bist dran mit erzählen!" Ein verschwommener Blick auf die Uhr zeigt mir, dass es genau 5:28 h ist. Mama ist heute wirklich früh aufgestanden. „Weißt du eigentlich, dass ich noch eine halbe Stunde hätte schlafen können?! Und erzähl mir jetzt ja nichts von frühen Vögeln!" Ich schüttele meinen Kopf. Nun fühlt es sich ein wenig besser an. „Was soll´s, jetzt bin ich eh wach, da kann ich genauso gut erzählen. Aber unterbrich mich nicht. Ich fang nur einmal an. Für mehr reicht meine Konzentration um diese Zeit noch nicht." Einoel hat verstanden. Mit Zeigefinger und Daumen der rechten Hand aneinander verschließt sie den imaginären Reißverschluss ihres Mundes und setzt sich leise neben mich auf das Bett.

„Also, soweit ich mich erinnere hat einmal ein Bischof gelebt, der Nikolaus hieß. Geboren wurde er um 286 in Patras und war dann später Bischof in Myra, in der Türkei. Nikolaus war kein armer Mann. Alles was er besaß, hat er gerne mit anderen geteilt. Als einmal eine große Hungersnot war, gab es eine Familie mit Kindern, von denen die Mutter schon gestorben war und denen dann noch der Vater sehr krank wurde, so dass er seine Arbeit nicht mehr erledigen konnte. Es sah so aus, als müssten alle verhungern. Als dann eines Morgens die Kinder aus dem Haus gingen, fanden sie dort vor der Türe einen Sack mit Essen. Es gab Äpfel, Nüsse, Brot und vieles mehr. Am nächsten Morgen fanden sie einen Sack mit Kleidung. So ging es dann einige Tage weiter, bis der Vater wieder gesund war und für seine Kinder sorgen konnte. Und um an diesen guten Mann zu erinnern, feiern wir jedes Jahr wieder den Nikolaustag. Ich steh jetzt erst einmal auf und hole meinen Teller hinein." Mit diesen Worten recke ich mich erst einmal genüsslich und gleite dabei fast auf den Boden vor meinem Bett.

„Oh, ich werde den ganzen Tag hundemüde sein. Ich muss dich warnen. Da kann ich unausstehlich sein." „Bleib mal liegen! Ich hole den Teller für dich." Einoel kommt mit dem prall gefüllten Teller zurück. „Oh, da hat es deine Mutter aber wirklich gut mit dir gemeint. Kann ich mir gerade eine der Mandarinen nehmen? Die Vanillekippen, oder wie heißen diese Monde nochmal, riechen aber auch gut?

„Ja klar bediene dich nur. Und die Monde heißen übrigens Kipferl!"

Einoel stopft sich so viel Kipferl auf einmal in den Mund, dass sie eigentlich nicht mehr Reden kann. Sie versucht es trotzdem: „Kommst do mor ….mmh… uch… Gibt es noch mehr, was du mir vom Nikolaus erzählen kannst? Woran erkennt man ihn denn? Nicht, dass er mal vor mir steht und ich erkenne ihn dann nicht. Das wär' ziemlich peinlich!"

„Also jedenfalls nicht wie der Weihnachtsmann im roten Anzug, was allerdings immer viele noch nicht wissen. Er trägt eben einen Bischofsmantel, der immer sehr festlich aussieht. Als ich noch im Kindergarten war, kam da einmal der Nikolaus in einem ganz goldenen Gewand. Es kann auch rot sein, jedenfalls immer sehr prunkvoll, glänzend und ganz verziert.

Dann trägt er noch sozusagen ganz bestimmte Erkennungszeichen. So ähnlich wie die Krone eines Königs.
Zuallererst ist da seine Kopfbedeckung, die sogenannte Mitra. Das ist wie ein Hut, der so ein bisschen dreieckig aussieht.

In der Hand hat er noch einen Bischofsstab. Der ist ziemlich lang, bis zu zwei Meter und oben ist die sogenannte Krümme. Der ist meistens auch ganz edel und verziert. Ursprünglich war das mal ein Hirtenstab. Der Hirte kümmert sich um Schafe und der Bischof kümmert sich um die gläubigen Menschen.

Um den Hals trägt er dann noch eine Kette mit einem Kreuz und an der Hand einen prächtigen Ring. Das beides zeigt seine Verbundenheit zu seiner Kirche. Ich glaube, dass dürfte reichen, um den Nikolaus eindeutig zu identifizieren, falls er dir mal begegnet."

Einoel sieht inzwischen so aus, als würden ihr gleich ein oder zwei Vanillekipferl zu den Ohren heraus kommen. Aber immerhin ist der Mund inzwischen leer. „Soweit verstehe ich das jetzt. Mir ist nur nicht klar, warum du dann einen Teller vor die Tür gestellt bekommst. Bist du arm? Du hast ein Bett! Du hast es warm! Du hast schöne Sachen zum Anziehen! Du hast deine Eltern, die dich lieben! Das leuchtet mir nicht so ganz ein. "

Ich reiße die Augen weit auf. „Nein, ich habe doch gar nicht behauptet arm zu sein. Ich habe dir doch erklärt, dass wir Nikolaus feiern, um an Nikolaus zu erinnern. Daran, dass er Armen Menschen geholfen hat."

„Warum regst du dich so auf? Ich hab doch nur gefragt. Du tust ja gerade so, als wäre Armut eine Schande. Aber warum erinnert ihr nur an jemanden, der anderen geholfen hat. Wir sollten selbst Armen helfen!"

Ich habe inzwischen angefangen, Klamotten für die Schule herauszusuchen. „Wie soll ich den Armen helfen? Ich verdiene ja noch nicht mal selber Geld."

„Ach, das ist ganz einfach. Du hast doch etwas Taschengeld, oder? Nachher gehen wir ein paar Brötchen holen und dann gehen wir wieder in die Stadt, in diese schöne Fußgehzone....äh -gänger? Da finden wir bestimmt jemanden, der Hunger hat."

„Das geht heute Nachmittag nicht. Ich bin mit Mama verabredet. Wir wollen auf den Adventsmarkt, der hier jedes Jahr an Nikolaus stattfindet. Tut mir wirklich leid!"

„Ach, das macht nichts!" Einoels Begeisterung ist nicht zu dämpfen. „Helfen und an Nikolaus erinnern kann man jeden Tag. Dann gehen wir einfach morgen. Das braucht man nicht so eng sehen!"

FREITAG, DER 7. DEZEMBER

„Und, hast du schon jemanden entdeckt?" Einoel ist zappelig wie ein Flummi.

„Geduld ist wohl in eurer Hexenschule nicht gerade ein Hauptfach. Außerdem weiß ich gar nicht, ob das ganze so eine gute Idee war. Wer möchte schon ein belegtes Brötchen von uns. Oder Tee aus einer Thermoskanne. Hast du überhaupt die Becher eingepackt?"

„Klar habe ich die eingepackt!" Einoel zieht einen ganzen Stapel aus ihrem Beutel.

„Kalt ist mir auch. Wollen wir nicht einfach wieder zurück nach Hause? Ich bin heute irgendwie total müde. Hausaufgaben muss ich auch noch machen!"

„Anna, weißt du, wenn man etwas nicht will, dann findet man viele Gründe. Also für das Nicht-Tun meine ich. Wenn man dagegen etwas wirklich will, dann findet man Wege. Nach was hört sich dein Gejammer wohl eher an? Aber du kannst dich ja als erstes mal selber mit dem Tee aufwärmen."

„Nein, ist schon gut. So kalt ist mir nun auch wieder nicht. Nicht, dass uns am Ende noch ein Tee für jemanden, der wirklich friert, fehlt.

Du hast Recht." Ich hake mich bei Einoel unter und ziehe sie mit mir fort. „Wir bringen unsere Hilfsaktion zu Ende. Wir gehen zuerst Richtung Marktplatz. Da finden wir ganz bestimmt jemanden, dem wir helfen können. Der Eingangsbereich zu dem dortigen Café ist immer sehr beliebt. Da kommt immer wieder mal warme Luft raus, wenn die Tür geöffnet wird, so dass man den Tag in der Kälte besser übersteht."

Kaum sind Marktplatz und Café in Sichtweite, verlangsame ich wieder automatisch meine Schritte. Einoel sieht mich fragend von der Seite an. „Was hast du denn? Ist alles in Ordnung mit dir?" „Ich bin mir nicht sicher, ob wir gerade das Richtige tun." Anna weist mit ihrem Blick zur Eingangstür des Cafés. „Was ist, wenn die Frau, die dort sitzt, sauer wird, weil sie eben nicht Tee und Brötchen möchte sondern einfach nur Geld. Vielleicht denkt sie, dass wir uns über sie lustig machen!" Ich bleibe stehen. Inzwischen hat es wieder angefangen zu schneien. Die Schneekristalle bleiben in unseren Haaren wie ein silberner Schmuck liegen.

Einoel zieht aufmunternd an meinem Arm: „Mit dem Tee und den Brötchen ist es wie mit allen anderen Geschenken. Du willst anderen eine Freude machen. Allein das macht sie wertvoll. Ob die anderen dein Geschenk annehmen, liegt bei Ihnen. Sie können es nehmen oder es lassen. Aber du hast auf alle Fälle das Richtige getan. Und ob es genau das richtige Geschenk war, kannst du nur im Geben erfahren."

Ich hole noch einmal tief Luft. „Gut, dann gib mir bitte die Becher. Versuchen wir es!"

Wir beide nähern uns der Frau, die sich in einen alten Schlafsack eingewickelt hat. Ihr Gesicht ist halb durch einen dicken, gestrickten Schal, der um ihren Hals gewickelt ist, verdeckt. Vor ihr auf dem Boden steht eine kleine Schüssel, in der sich ein paar Cent-Münzen befinden.

Einoel schubst mich aufmunternd an. „Na los!"
„Ähm...entschuldigen Sie bitte, aber haben..."

Die Frau schaut uns beide erschrocken an: „Ich bin doch schon etwas von der Tür weggerückt. Hier störe ich doch eigentlich keinen mehr!"

„Oh, nein, das ist ein Missverständnis." Ich räuspere mich verlegen. „Wir gehören nicht zu dem Café. Wir... ähm... haben sie vielleicht Hunger und möchten sie vielleicht einen warmen Tee und dazu ein Brötchen? Wir haben welche mit Salami oder Gouda!"

Die Frau auf dem Boden vor uns gibt keine Antwort. Sie legt den Kopf auf die Seite und schaut uns, wie wir da so vor ihr stehen, ungläubig an. Ich weiß nicht so genau, wie wir reagieren sollen. Ich entscheide mich kurzentschlossen für den Rückzug. „Es tut mir leid, wir wollten sie nicht stören. Wir gehen dann mal wieder."

„Nein, wartet bitte." Die Frau richtet sich mitsamt dem Schlafsack etwas mehr auf. „Ich war mir nur nicht ganz sicher, ob ich dich richtig verstanden habe. Es ist so schon lange her, dass mir jemand Tee und Essen angeboten hat, ohne dass ich vorher an einer Schlange bei der Essensausgabe angestanden habe. Mein Essen wird mir normalerweise nicht an meinem Sitzplatz serviert." Ein zögerliches Lächeln der Frau lässt meine Zweifel endlich vergehen. In ihren Augen sind Tränen zu erkennen.

„Ich nehme sehr gerne ein Brötchen und etwas Tee. Ich würde ja sagen, setzt euch. Aber ich glaube, dass das etwas zu kalt wird."

„Wir bleiben einfach bei Ihnen stehen." Einoel hat den Rucksack abgenommen und kramt bereits nach den Bechern und den Brötchen. „Salami oder Gouda?"

„Am liebsten Gouda, aber eigentlich ist es mir egal. Hauptsache etwas zu essen und dazu einen warmen Tee."

SAMSTAG, DER 8. DEZEMBER

„So Anna, gestern haben wir anderen etwas Gutes getan und heute sind wir wieder dran!"

„Und was sollten wir deiner Meinung nach dann heute unternehmen? Mir gehen langsam die Ideen aus. Könnten wir nicht vielleicht mal einen Tag einfach nur faulenzen und ein gutes Buch lesen oder einen schönen Film anschauen. Du kannst ja mal einen Blick in Mein Regal werfen, du kannst auch den Film aussuchen."

„Wer will schon vor sich hin faulen?" Langsam gewöhne ich mich an Einoels merkwürdige Bemerkungen und weiß, dass ich sie getrost ignorieren kann.

Die nachfolgenden Sätze sind meist selbsterklärend.

„Aber gegen sinnvolles Ausruhen habe ich nichts einzuwenden. Das ist meistens sehr produktiv und klärt den Geist!"

„Wer erklärt was dem Geist??? Wo soll es denn einen Unterschied zwischen faulenzen und ausruhen geben?

„Ich werde es dir einfach zeigen. Setz dich in deinen Sitzsack und ich setze mich neben dich auf den Boden."

Einoel greift in ihr langes Haar und zieht einen der Kristalle heraus. „Hier, der ist diesmal für dich!"

„Brauche ich sanfte Wahrheit? Hab ich irgendwas Falsches zu dir gesagt?" „Nein, es ist alles in Ordnung. Dieser Kristall ist keine freundliche Wahrheit, er ist ein Kristall der Ruhe. Nimm ihn bitte in die Hand."

Weil ich Angst habe, ihn fallen zu lassen, strecke ich Einoel meine Hand wie einen Teller entgegen. Sie legt ihn vorsichtig auf meiner Hand ab. Er fühlt sich merkwürdig kühl und gleichzeitig fast samtig an. Kaum hat er meine Haut berührt, fängt er an zu leuchten und wirft ein sich sanft bewegendes, bläuliches Licht in mein Zimmer. Fast sieht es so aus, als ob eine Wasseroberfläche das helle Licht des Sommers in mein Zimmer reflektiert.

Ich bin ganz gefesselt von diesem wunderschönen Lichtspiel in meinem Zimmer, dass ich mich kaum noch auf Einoels Worte konzentrieren kann.

„Jetzt denk an eine schöne Erinnerung, die du ganz bestimmt in dir finden wirst. Echte Ruhe findest du nur in dir selbst, in schönen Erfahrungen, in schönen Gefühlen....

Darum brauchen wir schöne Erlebnisse, damit wir irgendwann zu einem anderen Zeitpunkt wieder daran denken können..."

Dann höre ich Einoel nicht mehr.

Es ist Sommer. Ich sitze mit meinen Eltern im Garten. Aber es ist Nacht. Der Himmel ist sternenklar und ich neige die Lehne von meinem Stuhl ganz nach hinten, um entspannt nach oben sehen zu können.
Ich brauche einen Moment, ….was mache ich dort nur? Warum sitze ich mitten in der Nacht im Freien. Es sind keine Geräusche zu hören.

Ach ja, es fällt mir wieder ein. Es ist August und für diese Nacht sind Sternschnuppen angekündigt worden. Noch nie in meinem ganzen Leben habe ich Sternschnuppen gesehen. Ich ziehe die Decke, die auf meinen Beinen liegt noch etwas höher. Nachts ist es auch im August manchmal kühl. Je länger ich nach oben in diesen nachtschwarzen Himmel blicke desto weiter und größer kommt er mir vor.
Er zieht mich ganz in seinen Bann. Die Sterne scheinen näher zu kommen. Meine Eltern, die Bäume und Büsche herum nehme ich gar nicht mehr richtig war. Ich bin mitten in all der dunklen Weite, die trotzdem hell und freundlich ist.
Nur noch unendliche Dunkelheit, unzählbare Sterne….
Ich werde ganz leicht…
Fühlt sich so fliegen an…?

In meinem rechten Augenwinkel kann ich plötzlich die erste Sternschnuppe sehen. Sie ist so schnell und ihre Bahn so kurz, dass ich mir nicht sicher bin, ob ich für einen Moment nur geträumt habe. Aber nach einem kurzen Augenblick erscheint mitten in meinem Sichtfeld die nächste und ihre Bahn ist lang.
Ich kann ihren hellen Flug mehrere Sekunden verfolgen und erahne einen Lichtschweif. Das ist wunderschön.

Aber dann muss ich blinzeln und ich bin wieder zurück - in meinem Stuhl. Es fühlt sich an, als wäre ich von einer Reise zurückgekehrt.

Ich bleibe noch eine ganze Weile, am liebsten die ganze Nacht. Die Zeit erscheint so kurz und ich sehe noch viele Sternschnuppen.....

Was für eine wunderschöne Nacht, die Ruhe selbst und was für eine schöne Erinnerung.

SONNTAG, DER 9. DEZEMBER

„An diese Nacht im August hatte ich wirklich schon lange nicht mehr gedacht." Ich sitze wie gestern im Sitzsack und Einoel neben mir auf dem Boden. „Danke, dass du mich daran erinnert hast. Das war damals wirklich etwas ganz Besonderes."

„Bedanke dich nicht bei mir!" Einoel kaut erst einmal genüsslich ein weiteres Vanillekipferl zu Ende. „Erinnert hast du dich schließlich selbst und wenn du dich bedanken willst, dann höchstens bei deinen Eltern. Die haben sich ja in der Nacht mit dir nach draußen gesetzt und dir diese Erinnerung geschenkt. Das muss ich mir unbedingt merken. Erinnerungen zu schenken, erscheint mir eine nützliche Sache zu sein. Man braucht sie nicht in Geschenkpapier einzuwickeln und der andere kann sie immer bei sich tragen, ohne dass sie Platz in einer Tasche wegnehmen!"

„Ja, das stimmt auf alle Fälle. Dabei fällt mir auf, dass wir jetzt sogar schon einige Erinnerungen gemeinsam haben. Aber du wirst nicht immer da sein und mir einen deiner Kristalle geben können. Wie soll ich alleine so zur Ruhe kommen?"

„Das wirst du auch alleine schaffen. Und mit jedem Mal wird es dir leichter fallen." Einoel schleckt den verbliebenen Puderzucker von ihrem Finger. „Auch echte Ruhe ist nur eine Übungssache, wenn man erst einmal weiß, worauf es ankommt.

Du übst einfach, nichts zu tun, Stille und Ruhe zu ertragen und Gedanken wandern zu lassen."

„Und wenn ich es doch nicht alleine schaffe, ich meine ohne deinen Kristall?"

„Dann wartest du einfach, bis wieder Frühling bzw. Sommer ist und setzt dich im Garten unter einen Baum in den Schatten."
„Warum in den Schatten? Was passiert im Schatten?"
„Was soll im Schatten passieren?" Einoel schüttelt lächelnd den Kopf. „Nicht alles ist ein großes Geheimnis, aber im Schatten wird dir jedenfalls nicht von der Sonne schlecht!"
„Ach so, und dann?"

„Wenn sich dann ein Schmetterling auf deiner Hand nieder lässt, dann weist du, dass du wirklich zur Ruhe gekommen bist!"

Einoel steht auf und beginnt im Zimmer vor mir auf und ab zu laufen. Ihr Kopf ist leicht nach unten gebeugt, ihre Hand liegt auf ihrem Mund und sie ist tief in Gedanken versunken.

Plötzlich bleibt sie stehen. „Weißt du, welches Geschenk fasst so gut wie eine schöne eigene Erfahrung ist?" Sie wartet erst gar nicht meine Antwort ab. „Eine ganz eigene Geschichte...."
„Eine ganz eigene Geschichte, was meinst du damit? Jedes Lebewesen hat doch sowieso eine eigene Geschichte. Jedes Leben ist doch anders."

„Nein, das meine ich nicht. Ich denke an die Geschichten, die man schon lange kennt. Die Geschichten, von denen man genau weiß, wie sie enden werden. Das ist doch eigentlich schrecklich langweilig.
Ich werde dir einfach eine ganz neue Geschichte schenken und wenn du die kennst, dann kannst du viele alte Geschichten ganz neu für dich finden, so wie du sie gerade brauchst."

„Ich bin mir nicht sicher, ob ich gerade verstehe, was du mir damit sagen willst."

„Wenn du meine Geschichte gehört hast, dann wirst du mich verstehen. Und du wirst sie nicht nur verstehen sondern selber viele neue Geschichten für dich und andere schreiben. Also hier ist mein Geschenk:

Dornröschen

Es war einmal eine Prinzessin, die stach sich mit sechzehn Jahren an einer Spindel und viel in einen tiefen Schlaf.

Viele Jahre waren nun schon vergangen und Dornröschen wurde wach.

Sie schaut sich um, ob ihr Prinz vielleicht schon da ist. Aber sie sieht niemanden, der sie retten möchte. Da schläft sie wieder ein.

Jahre gehen vorbei und eines Tages erwacht sie wieder.

Sie schaut nach links, nach rechts, nach hinten und nach vorne, aber es ist keiner da.

Kein Prinz, kein edler junger Mann und auch kein einfacher Gärtner mit einer Heckenschere.

Dornröschen legt sich wieder hin und schläft ein.

Schließlich wird sie zum dritten Mal wach.

Sie öffnet ihre Augen, aber noch immer sieht sie niemanden.

Da sagt sie zu sich selbst: „So, jetzt ist es aber genug! Das Warten und Schlafen hilft mir auch nicht weiter"

Sie steht auf und ist frei!

MONTAG, DER 10. DEZEMBER

Einoel und ich sitzen im Zimmer auf dem Boden. Zwischen uns steht ein großer Teller mit einem Berg von Vanillekipferln. Der ganze Raum ist von dem Duft erfüllt.

„Warum schenken sich Menschen eigentlich hauptsächlich etwas zum Geburtstag und zu Weihnachten?" Mir staubt beim Sprechen ein leichter Vanillezucker-Nebel aus dem Mund. „Über ein Geschenk freut man sich doch eigentlich jeden Tag."

„Ich bin ja noch nicht so lange bei dir", Einoel schleckt sich genüsslich über die Finger, „aber soweit ich das sehen kann, schenken manche Menschen jeden Tag etwas einem anderen. Alleine die Plätzchen, die wir gerade essen. Deine Mutter hat sie vorhin gebacken und sie dann dir gegeben. Du hast ihr beim Backen nicht geholfen, du hast sie nicht von ihr gekauft, also muss sie dir die Plätzchen wohl geschenkt haben."

„Ja, so ist das sicher. Eltern tun ganz viel für ihre Kinder und eigentlich überhaupt alle, die zu der Familie gehören, für einander. Aber ansonsten…dabei ist Schenken doch eine ganz tolle Sache! Aber eigentlich muss ich ganz stille sein. Ich habe auch nicht genug Taschengeld, um jeden Tag irgendjemandem etwas zu schenken. Aber das wäre schon eine tolle Sache!"

Trotz des langen Kleides ist Einoel mit einem Satz auf dem Beinen. „Bist du mit den Hausaufgaben für heute fertig?"

„Ja, schon. Was hast du vor?" Einoel ergreift meine Hand und zieht mich auf die Füße. „Wir gehen Geschenke suchen!"

„Wir suchen Geschenke? Und wo genau? Etwa wieder in der Fußgängerzone?" Ich bin noch nicht ganz überzeugt von dieser Idee.

„Ja genau da, wo du schon hundertmal warst. Du wirst sehen, dass man auch dort Geschenke findet, die Menschen anderen Menschen machen, wenn man nur richtig danach sucht."

Keine halbe Stunde später, wir haben zu Fuß fast die Einkaufszone erreicht, rempelt Einoel mich mit ihrem Ellbogen an. „Da, schau da drüben..."

Ich sehe angestrengt auf die andere Seite der Straße. „Was soll denn da sein?"

„Na, das erste Geschenk!"

„Das erste Geschenk? Ich sehe nur eine Bushaltestelle. Sag nicht, dass ich die jetzt für dich einpacken soll. So großes Geschenkpapier hab ich nicht. Aber ich könnte eine Schleife für dich auf das Dach legen oder um die Stange mit dem Fahrplan binden..."

„Anna, über deinen Witz lache ich später. Ich mein das jetzt wirklich ernst! Siehst du es denn nicht?"

„Also gut. Ich sehe die Überdachung und darunter steht eine Frau mit Kinderwagen, in dem ein ungefähr dreijähriges Kind sitzt. Die Frau hat ein Buch in der Hand und liest, während sie ihre Arme auf dem Griff des Kinderwagens ablegt. Außerhalb der Überdachung steht ein alter Mann mit einem weißen Bart, der sich mit seiner Schulter an dem Pfosten der Überdachung anlehnt und um die Ecke zu dem Kind schaut. Das sehe ich, aber wo ist da ein Geschenk."

„Schau dir das Gesicht von dem Kind an."

„Es sieht ein wenig verweint aus. Seine Lippen sind aufeinander gepresst und zittern etwas…mhm."

„Und der alte Mann?"

„Der schaut zu dem Kind und …oh… das Kind schaut auch zu ihm und der alte Mann sagt etwas zu dem Kind. Ich versteh nur `Pickelpo´. Was sagt der da zu dem Kind, das ist ja gemein…."

Einoel fängt an zu lachen und kann sich kaum noch auf den Beinen halten. „Mensch Anna, der sagt Pickaboo."

„Pickebuh, was soll denn das sein. Ist das eine Beleidigung?"

„Nein, der Mann ist wohl Engländer. Hier würde man `Kuckuck-da´sagen. Der alte Mann spielt mit dem Kind, das eben gerade noch geweint hat."

„Ah", ich kann geradezu spüren, wie die Erkenntnis mein Gesicht zum Strahlen bringt.
„Ich weiß, was du meinst. Der alte, englische Mann, der die Frau und das Kind vermutlich überhaupt nicht kennt, steht dort und spielt Pickaboo mit dem kleinen Mädchen im Wagen. Die Mutter steht dahinter und liest ihr Buch und bekommt gar nicht mit, dass ein netter alter Mann ihr Zeit schenkt, weil ihr Kind nicht weint."

DIENSTAG, DER 11. DEZEMBER

Einoel sitzt gerade in ihrem Lebkuchenhaus bei einer Tasse Kirsch-Schoko-Tee. Vorsichtig klopfe ich an ihre Türe.

„Anna, bist du das?"
„Ja, wer denn sonst?! Ich hatte heute etwas früher Schule aus. Kann ich dich heute Nachmittag mal alleine lassen?"

„ Ja, klar. Ist irgendwas passiert?"

„ Nein, überhaupt nicht. Mir hat nur gestern das Geschenk mit der Zeit so gut gefallen, dass ich heute auch gleich Zeit verschenken wollte. Ich habe Mama angeboten, mit ihr gemeinsam einkaufen zu gehen. Zu zweit findet man die Sachen viel schneller und hinter her helfe ich ihr noch beim Aufräumen. Sie hat sich so gefreut, dass sie die Zeit gleich wieder einsetzen wollte und vorher noch mit mir Schlittschuhlaufen geht. Wir sind also länger weg."

„Ok, dann weiß ich Bescheid. Schön, dass dich der Tag gestern so beeindruckt hat. So war er nicht umsonst. Viel Spaß"
„Danke..."

Und schon ist die Türe wieder zu. Einoel lächelt glücklich in ihre Tasse Tee.
Geschenke, die man nicht einpacken kann, sind doch immer noch die schönsten...

MITTWOCH, DER 12. DEZEMBER

„Einoel, ich habe dir eine meiner schönen Erinnerungen erzählt. Diese Nacht im August war etwas ganz besonderes. Hast du vielleicht auch so eine Erinnerung für mich? Ich wünschte, ich hätte noch mehrere davon."

„Aber ja. Man ist nie zu alt, um schöne Geschichten oder auch Nachdenkliches erzählt zu bekommen. Wenn sie wahr sind, ist es nur umso schöner und wertvoller.

Seltsamerweise liegt eine meiner schönsten Erinnerungen auch in einer Nacht im August. Es war den ganzen Tag lang unglaublich heiß und auch am Abend kühlte es nicht wirklich ab. So kam es, dass wir noch lange nach dem Untergang der Sonne, auf unserer steinernen Terrasse im Garten am Teich saßen. Unsere bunten Karpfen leisteten uns Gesellschaft, schwammen zu unseren Füßen und sahen uns mit ihren großen, runden Augen an. Nur hin und wieder blubberten sie in unsere Richtung, gerade so, als wollten sie uns fragen, was wir um diese Zeit noch hier draußen machen.
Am Rand des Teiches stand eine Schale, in der ein Feuer brannte. Ihr Schein spiegelte sich auf der dunklen Wasseroberfläche und ich fragte mich wieder einmal, wie weit es zum Grund des Teiches wohl ist und welche dunklen Geschöpfe dort wohnen.
Wir hatten eine Kleinigkeit zu Abend gegessen. Aber keiner von uns konnte sich überwinden, aufzustehen und das Geschirr hineinzutragen. Also blieben wir einfach sitzen. Manche Dinge sind so

einfach zu lösen.

Nach hinten ist der Sitzplatz von einer hohen Steinmauer umgeben, die den ansteigenden Boden des Gartens abstützt. So wachsen oberhalb der Mauer die schönsten Rosen, deren Duft im leichten Abendwind zu uns herüber wehte. Diese Rosen gewähren Tag und Nacht unseren vielen kleinen Freunden Unterschlupf. Ab und an hört man die Frösche quaken oder es raschelt in den Blättern und wenn man Glück hat, dann wagen sie sich ganz heraus und man kann einen Blick auf ihre neugierigen kleinen Augen werfen, die einem nicht aus den Blick lassen. Jederzeit bereit zum Sprung....

Ich saß im Arm meiner Mutter und sie las mir aus einem unserer dicken Geschichtenbücher vor, von denen viele wahr sind.

Und als meine Augen so im Garten umher wanderten, da viel mein Blick auf die alte Steinmauer. Und ich sah überall silberne Straßen, die im Schein des Mondes und des Feuers glitzerten:

Sie führten über die Steine, ich sah sie zwischen den Fugen, in allen Ecken und Kanten. Da war ich nur noch glücklich, in solch einem wunderschönen magischen Garten mit einer silbernen Mauer leben und träumen zu dürfen.

Nie wieder hab ich so etwas Schönes gesehen. Ich weiß es noch wie heute. Diese Nacht hatte etwas ganz besonders magisches und unsere silberne Mauer steht noch heute und die Rosen wachsen und ich bin unendlich reich. Eine Mauer aus Silber. "

„Aber wie kommt diese silberne Mauer dorthin." Ich sitze Einoel mit großen Augen gegenüber. „Silber ist doch in der Erde und nicht in und auf Steinen. Man muss in Stollen danach graben. Und es ist auch nicht so rein, dass es unbearbeitet so glänzt?"

Einoel lächelt und leise fügt sie hinzu:

„Mein Silber ist etwas ganz besonderes! Man kann es nicht abbauen, dann verkaufen und Geld damit verdienen. aber es ist immer da und macht mich glücklich!"

„Aber was für ein Silber ist es?"

„Mein Silber sind die Spuren der Schnecken und die Netze der

Spinnen, die am Morgen, bei Tag oder in der Dämmerung dort lang kriechen. Sie weben und schenken mir ihr Silber ganz umsonst und es ist das schönste, das es gibt."

DONNERSTAG, DER 13. DEZEMBER

Es ist ein dunkler, nebliger Nachmittag und ich strecke mich müde auf meinem Bett aus. „Sag mal Einoel, du bist doch eine Hexe. Kannst du mir nicht auch mal einfach drei Wünsche erfüllen. Machen das Hexen nicht so?"

Einoel braucht einen kleinen Moment zum Überlegen, ehe sie antwortet. „Eine nette Hexe, die es gut mit dir meint, erfüllt dir nicht einfach drei Wünsche. Meistens geht so was nicht gut aus."

„Warum sollte es falsch sein, einem anderen seinen Wunsch zu erfüllen?" Ich setze mich auf. Mit einem Mal scheine ich gar nicht mehr so müde zu sein. „Man macht damit doch auf jeden Fall eine Freude."

„Das kann keiner wissen." Einoel setzt sich neben mich. „Stell dir nur mal vor, du wünscht dir eine Mineralwasserflasche, die niemals leer wird. Irgendwo her muss das Wasser kommen. Ich zaubere dir das Wasser her und es fehlt dann vielleicht gerade an einer Stelle, an der es noch viel dringender gebraucht wird. Dann hast du deine unleerbare Wasserflasche, aber woanders hätte jemand ganz schrecklichen Durst. Vielleicht sogar jemand, den du gut kennst. Wenn einer mehr bekommt, dann hat irgendwo auf der Welt ein anderer dafür weniger. Manchen Menschen ist das egal, aber so wie ich dich kennen gelernt habe, würdest du darunter leiden. Ich hätte dir einen Wunsch erfüllt und dich damit unglücklich gemacht."

„Mmh, so gesehen hast du vermutlich recht." Ich sehe mit seitlich geneigtem Kopf nachdenklich zu Einoel. „So würde es mir keine Freude machen. Aber andererseits könnte derjenige sich ja die gleiche Flasche wünschen und hätte auch keinen Durst mehr."
„Dafür müsste er erst einmal einer Hexe wie mir begegnen und das ist eher unwahrscheinlich. Glaub mir, das kommt so oft nicht vor. Außerdem wird so der Durst nur an einen Dritten weiter gegeben. Das Problem ist immer noch nicht gelöst. Irgendjemand muss losgehen und sich Wasser gegen seinen Durst holen. Dann doch lieber der, der Durst hat. Eine bessere Lösung gibt es nicht."

„Gut, die Wasserflasche lassen wir dann mal weg." Mein Kopf neigt sich langsam zu der anderen Seite. „Aber was ist mit so richtig wichtigen, ganz, ganz, gaaaanz, ganz großen Wünschen? Solche, von denen man schon als Kind träumt und als Erwachsener dann immer noch. Ist das nicht sehr traurig, wenn sich so ein Wunsch dann nicht erfüllt?"

„Auf der einen Seite hast du da schon recht, immer die Arme nach etwas ausstrecken und es doch nicht erreichen, kann einen traurig und vielleicht sogar wütend machen. Aber was wäre andererseits ein Leben ohne Träume?
Wenn sich ein solch großer Wunsch einfach so erfüllen würde, und jeder andere danach, worauf sollte man sich dann noch freuen?
Das Leben wäre unglaublich langweilig und nichts mehr wirklich wertvoll. Was sollte noch in deinem Schatzkästchen unter dem Bett landen. Was wäre dafür noch gut genug?"

„Woher weißt du von meinem Schatzkästchen?" Mein Kopf ist auf einmal kerzengerade.
„Ach, das hat doch jeder." Einoel kann sich ein Lächeln nicht ganz verkneifen. „Wobei meins im Schrank ist. Das mit dem Bett, das habe ich nur geraten."

Für einen Moment ist es ganz still.

„Aber Einoel, ich wünsche mir schon so lange ein Pferd. Abends beim Einschlafen sehe ich es immer vor mir. Ich stelle es mir in jeder Einzelheit vor. Ich kämme seine Mähne, ich bürste sein Fell, ich bringe es nach einem langen Ritt in seinen Stall..."

Wieder ist es still.

Nach einem Moment hebt Einoel den Kopf.

„Wenn du dir ein Pferd wünschst und bekommst dann von mir einfach eins vor die Tür gestellt, dann hab ich vielleicht eine ganz andere Vorstellung von deinem Traumpferd. Aber du hättest dann mein Pferd vor der Türe stehen.
Sicher, du hättest ein Pferd, aber auf lange Sicht wärst du doch wieder unzufrieden, weil es eben nicht dein ganz eigenes Pferd ist.
Und im schlimmsten Fall hättest du deinen süßen Traum für eine bittere Enttäuschung hergegeben. Dann doch lieber den süßen Traum behalten. Und woher willst du denn wissen, dass du später nicht ein Pferd haben wirst. Wenn du an dich und deine Träume glaubst, dann bist du schon den halben Weg gegangen."

FREITAG, DER 14. DEZEMBER

Als ich aus der Schule komme, hat sich Einoel auf meinem Bett ausgestreckt und schläft. „Einoel Nimsaj Befana, hast du nicht dein eigenes Bett? Wenn du schon mit deinem ganzen Haus bei mir einziehst, kannst du doch auch da schlafen!" Etwas unsanft rüttele ich die Fee an ihrer Schulter. „Ich bin total fertig und will auf der Stelle selber auf mein Bett."

Einoel setzt sich schlaftrunken auf. „Na, wenn du meinen vollen Namen benutzt, dann musst du ja wirklich sauer sein." „Ach was", schon kann ich mir ein Lächeln kaum verkneifen. „Ich wollte nur mal testen, ob ich deinen vollen Namen noch richtig weiß. Warum bist du denn überhaupt so müde? Hast du schlecht geschlafen?" „Nicht schlecht, aber zu wenig. Dafür habe ich umso mehr nachgedacht."

„Worüber denn? Oder ist das streng geheim?" „Ja, das ist wahrscheinlich genauso geheim, wie die Existenz von Hexen, von denen du eigentlich gar nichts wissen dürftest." Ich bin schon etwas enttäuscht. Mit der Antwort hatte ich nicht gerechnet. „Nein, schon gut. War nur ein Scherz." Einoel stößt mich mit ihrem Arm an. „Die kleine Retourkutsche hattest du dir verdient. Ich habe über deine Frage nach den drei Wünschen nachgedacht und versucht heraus zu finden, was eigentlich wertvoll ist." „Und, hast du es herausgefunden?" „Mir ist auf alle Fälle eine alte Geschichte eingefallen, die mir meine Mutter aus ihrem Buch vorgelesen hat. Kennst du vielleicht schon den Salzprinzen?"

„Nein, die Geschichte kenne ich noch nicht!" Ich schnappe mir ein Kissen, lege es hinter meinen Rücken und lehne mich an der Wand an. „Aber ich liebe es, wenn mir jemand Märchen erzählt, äh,... ich meine natürlich Geschichten."

„Also gut. Dann erzähle ich dir jetzt die Geschichte vom Salzprinzen in etwas verkürzter Form. Wenn du es ganz genau wissen willst, kannst du die ja nochmal nachlesen:

Es war einmal ein König, der hatte drei Töchter. Als er aber alt geworden war und seine Krone weiter reichen wollte, wusste er nicht, welche seiner drei Töchter er erwählen solle. Sein Hofnarr riet ihm, der Tochter die Krone zu geben, die ihn am meisten liebe.

So veranstaltete der König ein ritterliches Turnier zu Ehren seiner drei Töchter. Der Sieger des ersten Kampfes bat um die Hand der ersten Tochter und der Sieger des zweiten Kampfes wurde der zweiten versprochen. Als der Kampf zweier Edelmänner um die jüngste beginnen sollte, da lief sie weinend in den Park davon: „So möchte ich keinen Gemahl!"

In dem Park trifft sie auf den Salzprinz, der ihr eine Salzrose schenkt: „Wenn du auf diese Rose hauchst, dann bin ich sofort bei dir."

Am nächsten Tag hielt der König eine Ansprache im Thronsaal und versprach der Tochter die Krone, die den klügsten Bräutigam hätte und ihm, dem König, die größte Liebe erweise. Die erste Tochter trat hervor und ihr Bräutigam sprach: „Ich werde mit meinem Schild und Schwert das Königreich bis auf meinen letzten Blutstropfen verteidigen und es beschützen." Daraufhin versicherte die älteste Tochter dem König, dass sie ihn mehr liebe als alles Gold und Schätze der Erde.

Dann trat die Zweite hervor mit ihrem Bräutigam. Der versprach, dass Königreich nicht nur zu verteidigen sondern auch nicht zu ruhen, bis er das Reich vergrößert und umliegende Gebiete erobert habe. Die zweite Tochter erweiterte ihre Liebesbezeugung von Gold und Schätze auf alle Edelsteine und Geschmeide, die im Vergleich zu ihrer Liebe zum Vater nur Sand am Meer wären.

Die dritte hauchte an ihre Rose und trat mit dem Salzprinz vor. Der Salzprinz sprach: „Ich habe kein Schwert und keine Reichtümer. Aber ich habe das Salz der Erde und ich verspreche euch blühende Gärten, grüne und lebendige Wiesen und Wälder mit gesundem Tier. Und Glück, Gesundheit und Frieden für das Reich und seine Untertanen." Die jüngste trat mit der Rose hervor und gelobt dem König, dass sie ihn mehr liebe als das Salz der Erde, ohne das es kein Leben geben könne."

Da brachen König und Hofstaat in Gelächter aus. „Mein Kind", sprach der König, „das war sicher nicht dein Ernst. Überdenke noch einmal deine Antwort und sage, wie sehr du mich liebst."

Als die Jüngste aber aus voller Überzeugung und allem Ernst ihre Worte wiederholte, da ward der König zornig und vertrieb sie aus seinem Reich: „Du wirst erst dann zurückkehren, wenn Salz kostbarer ist als Gold." Vor lauter Schmerz verspottet er sie noch: „Dann wirst du Königin!"
Durch viele Reiche irrte die Königstochter nun, immer auf der Suche nach ihrem Prinzen, der im Moment der Verbannung verschwand.

In der Zwischenzeit verwandelte sich im Königreich des Vaters alles Salz zu Gold. Die königlichen Keller waren mit Gold gefüllt, aber die erste Freude über den unerwarteten Reichtum verging sehr bald. Denn im ganzen Land breitete sich Krankheit und Tod aus.
Boten wurden in die Nachbarreiche gesandt, um dort Salz für viel Gold zu kaufen. Doch kaum überquerte es die Grenze, so wurde es sofort wieder zu Gold. Kein Mensch oder Tier kann ohne Salz lange leben. Hunger und Elend regierte nun das Land. Die erste und zweite Tochter verließen bald mit ihren Ehemännern und dem Gold des Königs das Land. Vergessen war, dass ihnen der Vater doch lieber sein sollte, als alles Gold der Welt.

Schließlich erreichte die Jüngste das Reich des Salzprinzen. Dort erwartete sie ein zorniger Regent, denn sein Sohn musste auch für die Dummheit des hochnäsigen Königs bezahlen. Er war selbst zur Salzsäule erstarrt. Die Prinzessin wurde auch dort vertrieben.

Ein Untertan aus dem Reich des Salzes erkannte jedoch die guten

Absichten und ehrliche Liebe der Prinzessin, und half ihr, den Bräutigam und das eigene Reich zu erlösen. Gemeinsam mit dem Salzprinz und einem vom Schwiegervater geschenkten Sack voll Salz, das nie alle wird, erreicht sie das Reich ihres Vaters. Der König hat inzwischen erkannt, wie groß die Liebe seiner Jüngsten gewesen und wie wertvoll das Salz im Leben ist. Er gab das Zepter und die Krone an seine Jüngste ab. Wie der Salzprinz es versprochen hatte, grünte und blühte das Land und die Menschen waren glücklich, gesund und zufrieden.

Wenn du es ganz genau wissen willst, findest du dieses Märchen sicher in einem der alten Bücher. Die Prüfungen und Aufgaben, die die Prinzessin dafür schaffen musste, waren nicht ganz einfach."

„Oh, das ist wirklich eine beeindruckende Geschichte. Mir war vorher gar nicht klar. Wie wichtig das Salz für uns ist. Eigentlich muss man ja aufpassen, dass man nicht zu viel davon isst, aber ohne Salz geht es eben wohl auch nicht."

„Ja, das stimmt. Deswegen wird es auch oft das weiße Gold genannt. Der Unterschied ist nur, dass man das weiße Gold wirklich braucht. Das Gold, mit dem man sich schmückt, braucht man stattdessen nicht wirklich. Umso merkwürdiger ist, dass das Salz heutzutage nur wenige Cent kostet und das Schmuckgold sehr, sehr teuer ist. Eigentlich müsste es gerade anders herum sein."

„Von dem Gold gibt es eben weniger. Deswegen ist es vermutlich teurer." Ich spüre, wie meine Stirn sich in tiefe Denkfalten legt. „Und trotzdem ist Gold und Silber eigentlich viel weniger wert als Salz oder Mehl."

„Du hast völlig recht", Einoel hört sich direkt ein wenig stolz auf mich an. „Wertvoll ist im Grunde nur, was der Mensch oder die Hexe wirklich braucht. Alles andere hat nur den Wert, den die Menschen ihm selber geben. Und wenn es wenig gibt, dann muss man viel bezahlen, auch wenn man es gar nicht braucht. Aber niemand kann Geld, Gold, Silber oder Diamanten essen."

SAMSTAG, DER 15. DEZEMBER

Es ist bereits Samstagmittag, als ich endlich aufwache und zunächst nur mit dem linken Auge unter den Bettdecke hervor sehe, um zu überprüfen, ob Einoel bereits wach ist. Und ja, Einoel ist bereits wach. Sie hat ihren Schaukelstuhl aus dem Lebkuchenhaus mitgebracht. Sie sitzt damit vor meinem Bett und liest in einem dicken Buch.

„Na, du bist heute vielleicht eine Schlafmütze. Ich dachte schon, dass du gar nicht mehr aufwachst. Und,... hast du schon Pläne für heute?"

„In Ruhe und alleine aufwachen wäre vielleicht schon mal ein guter Anfang ich..." Der Rest vom Satz wird von meiner Decke, die ich mir gerade wieder über den Kopf gezogen habe, verschluckt. Einoel hört sicher nur noch gedämpftes Gemurmel.

„Es dauert ja jetzt nicht mehr lange, dann wachst du morgens auch wieder alleine auf und hast deine Ruhe vor mir." Einoel steckt ihre Nase wieder in ihr Buch.

Aus meinem Bett hört man das Rascheln der Bettdecke. Nach kurzem Kampf sitze ich im Bett und schaue etwas verwirrt zu der Fee, die ein leises Kichern nicht unterdrücken kann: „Das sah ja beeindruckend aus. Jetzt hast du es deiner Decke aber gezeigt. Das war ein hartes Kopf-an-Kopf-Rennen. Fast hätte ich auf die Decke gewettet."

„Ha Ha. Sehr witzig! Ich lach dann lieber nochmal, wenn du mir erklärt hast, warum ich bald wieder alleine aufwache."

„Na ja, das ist nicht sonderlich schwer. Heute ist unser 15. Tag. Am 24. Dezember ist Weihnachten. Wenn du an dem Tag aufwachst, dann werde ich wieder zuhause sein, um mit meiner Familie Weihnachten zu feiern. Genauso wie du."

„Eigentlich hätte ich es ja wissen müssen. Aber ich habe gar nicht mehr darüber nachgedacht. Es ist kaum zu glauben, dass du schon 15 Tage bei mir bist. Die Zeit ist so schnell vergangen. Andererseits haben wir so viel Schönes zusammen erlebt, dass ich denke, du warst schon immer da. Wie kann das sein!"

„Die Zeit hat ganz eigene Regeln. Sie fragt leider nicht danach, ob wir uns gerade wohl fühlen und die Stunden ewig dauern könnten. Sie verfällt auch nicht in einen leichten Trab oder Galopp, wenn wir Angst haben und am liebsten schon einen Tag weiter wären. Da lässt die Zeit leider gar nicht mit sich reden."

„Mit dir habe ich mich aber viel besser gefühlt. Ich habe über ganz andere Sachen nachgedacht. Vorher waren nur die Schule und Hausaufgaben. Ich möchte nicht, dass du gehst. Kannst du nicht länger bleiben?"

„Mmh, das hat sich eben aber noch ganz anders angehört. Zumindest hast du dir gewünscht, mal wieder alleine aufzuwachen. Aber ich hatte dich ja gewarnt. Mit Wünschen muss man vorsichtig umgehen. Manchmal erfüllen sie sich doch schneller als man denken kann. Und das ganz ohne Zauberei."

„Kannst du nicht vielleicht doch ein ganz klein wenig länger bleiben oder nach Weihnachten wieder kommen? Dass du über die Feiertage zu Hause sein willst, das ist ja klar. Aber nach Weihnachten habe ich noch Ferien. Da hätten wir noch viel mehr Zeit miteinander. Geht das nicht vielleicht?"

„Nein, das geht leider nicht. Aber ich bin mir ganz sicher, dass du dir auch ohne mich noch ganz viele gute Gedanken machen kannst. Hab mal ein wenig mehr Vertrauen in dich! Schließlich haben wir die letzten Tage gemeinsam gestaltet. Das war nicht alles ich. Ich habe dir nur ein wenig geholfen, das zu finden, was schon längst in dir war."

„Was liest du da eigentlich? Das Buch sieht sehr alt und schwer aus. Sind das dort Schnallen aus Leder?"

„Ja die Schnallen sind aus Leder. Und es ist alt und wertvoll, weil es mir wertvoll ist. Es ist das Buch mit den Geschichten meiner Mutter. Ich hatte dir in meiner schönsten Erinnerung davon erzählt. Es ist, wie ich es dir schon verraten habe, mein Schatz. Und mein Schatz ist in meinem Schrank gut versteckt!"

Einoel setzt sich auf. „Ich glaube, es ist das Beste, wenn du erst einmal ordentlich frühstückst. Und dann schreiben wir zusammen auf, was du alles machen kannst, wenn ich dann nicht mehr da bin. Es wird dir ganz bestimmt viel einfallen."

„Das glaube ich nicht. Es ist einfach nicht dasselbe, wenn du nicht dabei bist. Ich kann das nicht ohne dich."

„Du kannst das ganz sicher auch ohne mich. Aber das wirst du erst merken können, wenn ich gegangen bin. Also gut. Ich lese dir noch eine Geschichte aus dem Buch vor, bevor du frühstücken gehst. Die passt nämlich gerade ganz genau. Es ist die Geschichte von den drei Fröschen:

Die drei Frösche
Drei Frösche führten einen Wettstreit. Sie planten die Besteigung eines Berges. Das ganze Froschvolk nahm daran Anteil. Doch zum Start begann der ganze Froschchor:
„Das schafft ihr niemals! Ihr wisst gar nicht, was ihr da versucht. Ihr seid ganz töricht!"
Der erste Frosch nahm sogleich Abstand von seinem Vorhaben. So viele konnten sich nicht irren. Dann mussten sie wohl Recht haben.
Der zweite und der dritte Frosch begannen den Aufstieg und wieder riefen alle:
„Das schafft ihr niemals! Ihr wisst gar nicht, was ihr da versucht. Ihr seid ganz töricht!" Der zweite Frosch begann zu zweifeln, vielleicht verstand er wirklich nicht, was er da tat. Er kehrte nach halber Strecke um.
Der dritte Frosch setzte seinen Weg fort, erklomm den Berg und genoss ganz glücklich die Aussicht. Er war taub. "

„Der Frosch war taub und konnte deshalb die zweifelnden Frösche nicht hören. Deshalb hat er auch nicht angefangen, selbst an sich zu zweifeln und ist einfach weiter gegangen. Am Ende hat er sein Ziel erreicht. Darum geht es dabei, oder?"

„Ja, ganz genau. Das Problem ist nur, dass die Frösche manchmal nicht, wie hier in der Geschichte, am Rand des Weges sitzen. Manchmal sind die Frösche im eigenen Kopf und quaken dir dann fürchterlich ins Ohr, dass du irgendetwas gar nicht schaffen kannst. Das sind die schlimmsten, es ist sehr schwer, sie zu erkennen.

Die solltest du unbedingt einfach ignorieren. Wenn man gleich aufgibt, schafft man es ganz sicher nicht. Dann kann man es auch einfach erst einmal versuchen. Was verliert man schon dabei."

Einoel steht auf. „Ich habe jetzt auch Hunger. Und du bestimmt auch. Wir sehen uns dann gleich nach dem Frühstück, und dann schreibst du deine Liste."

SONNTAG, DER 16. DEZEMBER

„Du hast mir gestern ganz schön Arbeit verschafft!" Ich klopfe ausgeschlafen an Einoels Tür. „Aber ich glaube, ich weiß jetzt wie man `Gute Sachen´ für seine Liste findet. Es sind schon einige zusammengekommen."

Aus dem Lebkuchenhaus ist lautes Gähnen zu hören: „Wie wäre es, wenn du einfach erst einmal rein kommen würdest. Magst du auch einen Mandarinen-Käsekuchentee?"

Darum lasse ich mich nicht zweimal bitten. Schneller, als Einoel Teekessel sagen kann, sitze ich bereits an dem gemütlichen Tisch.

„Eigentlich ist es nicht schwer." Ich nippe genüsslich an dem heißen Tee. „Ich habe einfach angefangen zu überlegen, ob ich nicht etwas finde, was ich noch nie gemacht habe. Das war ja das Schöne an unserem Zoobesuch. Und als dann Mama gestern gefragt hat, ob wir für unser Frühstück heute Morgen noch Brot oder Brötchen kaufen gehen wollen, da habe ich vorgeschlagen, einmal Brot selber zu backen."

„Ah, ich habe mich schon gewundert, dass es im ganzen Haus so gut riecht."

„Ja, das stimmt. Ich habe es eben schon aus dem Ofen geholt. Oh, es ist so warm und so weich und es riecht so gut. Wusstest du schon, dass Brot viel besser schmeckt, wenn es gleichzeitig so gut riecht? Hier, ich habe dir ein Stück mitgebracht."

„Mmh, danke! Und ja, ich habe schon selber Brot gebacken. Selbst gekauftes kann da nicht mithalten. Das war ein guter Gedanke für deine Liste. Man sollte eigentlich jeden Tag etwas machen, was man noch nie gemacht hat. Das ist immer ein tolles Gefühl und es müssen ja keine spektakulären, gewaltigen Sachen sein. Oft findet man eh das größte Glück in den kleinen Dingen und Aufmerksamkeiten. Und hast du jetzt auch noch ein paar Dinge für die Zeit nach Weihnachten?"

„Ja klar, als ich erst einmal mit meiner Liste angefangen habe, ist mir schon einiges eingefallen. Erst mal habe ich überlegt, was ich noch nie gemacht habe, wie z.B. das Brot backen. Dann habe ich überlegt, was ich schon einmal gemacht habe und jetzt wiederholen möchte, weil es so schön war. Das wird sein, bei Nacht im Garten zu sitzen und in die Sterne zu schauen, egal ob es Sternschnuppen geben soll oder nicht. Und dann habe ich schließlich überlegt, was ich anders machen kann als gewöhnlich. Beim nächsten Regen werde ich mich nicht mit einem Buch unter die Decke legen sondern ohne einen Schirm rausgehen."

„Und damit ist deine Mutter einverstanden? Aber gut ist es auf alle Fälle! Jane Austen hat mal gesagt, dass an einem schönen Tag im Schatten stehen und ins Grüne schauen, die perfekte Erfrischung ist. Aber ich glaube, das gilt genauso für Tanzen im Regen und bei Nacht im Garten liegen."

„Ich habe ihr schon versprochen, dass ich mich hinter her in die warme Wanne lege. Ich kann gar nicht fassen, dass ich das noch nie gemacht habe. Und außerdem war meine Mama so begeistert von der Liste, dass sie sich jetzt auch eine schreiben will. Ist das nicht toll?"

„Ja das ist wirklich schön. Vielleicht findet ihr ja noch mehr Sachen, die ihr auch zusammen machen könnt."

MONTAG, DER 17. DEZEMBER

„Oh Einoel, heute hatte ich vielleicht einen fürchterlichen Tag in der Schule! Ich glaube, ich lege mich ins Bett und stehe erst morgen früh wieder auf. Hausaufgaben fallen heute aus...!" Einoel kommt aus ihrem Lebkuchenhaus und setzt sich zu Anna auf das Bett. „Was ist denn passiert?" Sie legt eine Hand auf Annas Schulter und dreht sie vorsichtig zu sich um. „Gab es Ärger?"

Anna setzt sich auf. Sie hat Tränen in den Augen. „Noch nicht, aber den wird es ganz sicher geben. Und zwar ganz genau heute in vier Wochen, wenn ich nach den Ferien meine Mathearbeit zurückbekomme. Und dann wirst du noch nicht mal mehr da sein. Ich habe bestimmt eine fünf geschrieben."

„Das weißt du doch noch gar nicht. Wenn du nach den Ferien tatsächlich eine schlechte Note hast, kannst du dir deswegen immer noch Gedanken machen. Womöglich ist die Arbeit gar nicht so schlecht und dann hast du dir ganz umsonst die ganzen Ferien verdorben."

Ein kleines Lächeln schiebt sich auf mein Gesicht. „Am besten wende ich auch hier die kleine `Zauberei´ an?"

„Welche kleine Zauberei meinst du?"

„Na, es eben einfach anders zu machen wie gewohnt. Sonst habe ich mich immer verrückt gemacht, bis ich die Arbeit endlich in der Hand hatte und sie eigentlich doch gar nicht so schlecht war. Ich versuche es einfach mal mit Gelassenheit. Hoffentlich behältst du recht."

„Davon kannst du erst einmal ausgehen. Und sollte es diesmal anders kommen, dann ist das auch kein Weltuntergang. Wenn immer alles nur gut läuft, dann hat man nichts, an dem man größer werden kann. Nichts, an dem man sein Verhalten und sein Denken und Fühlen entwickeln kann. Wenn du anderen etwas Gutes tun willst oder sie mögen und ihnen vertrauen willst, dann musst du bei dir selbst anfangen."

„Das ist aber nicht einfach!"

„Ich habe auch nicht behauptet, dass es einfach ist. Du hast dafür gelernt und du hast die Arbeit geschrieben. Wobei hättest du da etwas anders machen sollen. Du hast in Mathe schon mal eine schlechte Note geschrieben. Aber das heißt nicht, dass es wieder so sein muss."

„Das hört sich bei dir alles so einfach an, aber die Angst lässt sich so schlecht etwas von mir vorschreiben."

„Eigentlich schon, denn die Mathearbeit an sich ist nicht zum Fürchten. Sie beißt dich nicht, sie lacht dich nicht aus. Sie ist einfach nur da. Aber du gehst um sie herum, beobachtest sie misstrauisch und machst dich selber klein. Angst ist keine gute Hilfe. Sie hält dich tagelang auf Trab aber bringt dich nicht vorwärts.
Lach die Arbeit einfach an und zeige ihr, dass sie gar nicht so wichtig ist, wie sie dich glauben lassen will. Wenn sie schlecht ausgegangen ist, dann setzt du dich hin und lernst wieder. Du kannst dir auch Hilfe dazu holen."

„Damit hätte ich dann heute *mir* etwas Gutes getan! Ich beschenke mich damit ja selbst. Sollte ich mir dann nicht für heute noch etwas Gutes für jemand anderen überlegen."

„Wer für andere da sein möchte, muss auch auf sich selbst aufpassen. Das eine geht nicht ohne das andere. Ich zum Beispiel möchte jetzt noch einmal fünf Tage alleine in deine Welt gehen, bevor ich zu meiner Familie zurückkehre. Ich habe viel mit dir gemeinsam hier kennengelernt und jetzt mache ich mich noch einmal alleine auf den Weg. Aber am 23. Dezember bin ich wieder da."

„Wie? Du kannst doch nicht einfach schon gehen! Warum hast du mir das nicht schon mal früher gesagt?"

„Ich wusste gestern noch nicht, dass ich das heute brauchen würde. Sonst hätte ich es dir gesagt, aber so funktioniert Leben nicht. Es bringt viele Überraschungen, manche gefallen uns und andere nicht. Aber man ist trotzdem glücklich, wenn man die guten Momente und Dinge im Leben erkennt und es schafft, sich genau dann darüber zu freuen. Das ist die wahre Kunst. Anna, warte kurz. Ich hole nur gerade etwas aus meinem Haus."

Ich falle auf mein Bett. Das ist einfach zu viel für einen Tag. Erst die Mathearbeit und dann geht Einoel auch noch fort. Konnten sich die Katastrophen nicht ein wenig besser absprechen. Ja, aber so ist das Leben wirklich nicht.

„Anna, ich habe hier ein Geschenk für dich. Heute ist zwar noch nicht Weihnachten, aber das ist ja nicht notwendig. Schenken kann man jeden Tag. Und ich habe dafür auch ein klein wenig gezaubert. Aber nichts, was ihr mit euren Kopierern nicht auch könntet."

„Zaubern mit Kopierern? Wie soll denn das gehen?"

„Na, ihr verdoppelt mit Kopierer und ich kann es ohne. Es ist mein Schatz, das Buch meiner Mutter. Es sieht ganz genauso aus wie meins. So kannst du in den nächsten fünf Tagen immer eine Geschichte lesen. Nimm dir Zeit und lass die Worte auf dich wirken und es wird fast so sein, als wäre ich hier bei dir!"

DIENSTAG, DER 18. DEZEMBER

Der Bogenschütze

Ein König zog durch sein Land und kam in eine Stadt, in der er überall konzentrische Zielkreise fand, die genau in der Mitte ein Loch eines Pfeils aufwiesen.

„Ja, wer ist denn der **begnadete** Bogenschütze, der in dieser Stadt lebt?" Man verwies ihn an einen etwa zehnjährigen Jungen.

„Wie ist es nur möglich, dass du jedes Ziel in dieser perfekten Art und Weise triffst?"

„Ich schieße zuerst den Pfeil ab und dann male ich die farbigen Kreise exakt um das Loch herum."

MITTWOCH, DER 19. DEZEMBER

Die Auster

Eine Auster entdeckte eine Perle, die in eine Felsspalte am Grunde des Meeres gefallen war.

Mit großer Mühe gelang es ihr, die Perle zu ergreifen und auf ein Blatt zu legen, das neben ihr im Wasser trieb. Die Auster wusste, dass Menschen nach Perlen suchen und dachte:

„ Die Perle auf dem Blatt neben mir werden sie sicher sehen und dann werden sie mich in Ruhe lassen." Und wirklich kam kurze Zeit später ein Perlentaucher. Aber seine Augen waren darin geübt, Perlen in Austern zu finden und nicht, um Perlen auf Blättern zu sehen. Darum griff er nach der Auster, in der sich leider keine Perle befand. Und die echte Perle wurde durch die Bewegung des Wassers wieder in die Felsspalte zurück gespült
.

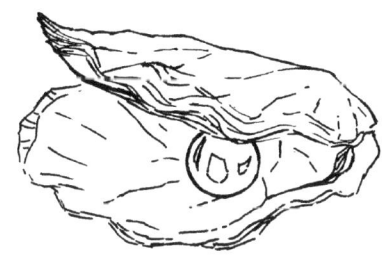

DONNERSTAG, DER 20. DEZEMBER

Der kleine Käfer

Nach viel Mühe und großer Anstrengung war es einem kleinen Käfer endlich gelungen, die Spitze eines Grashalms zu erreichen. Glücklich saß er dort und genoss die wärmende Sonne, die in jede einzelne Zelle seines kleinen Körpers wohlige Wärme gab.

Da kreuzte ein Esel den Weg auf dem der Grashalm stand.

„Du glaubst wohl, dass du einen Berg erklommen hast und frische Höhenluft atmest" sagte er hämisch lachend und ging seines Wegs.

Doch da nahte ein Löwe und betrachtete bewundernd das kleine Insekt: „Du hast das Ziel deiner Sehnsucht erreicht. Lass es dir gut gehen. Was dir gelang, das erreicht nicht jeder Löwe."

FREITAG, DER 21. DEZEMBER

Das Größte unter dem Himmel

Einst fragte ein weiser Mann seine Schüler, was das größte unter dem Himmel sei.

„Das ist sicher der Elefant, es ist das größte Geschöpf, das ich je sah", sagte einer seiner Schüler. Ein anderer sprach: „Das ist sicher der höchste Berg, den ein Mensch je fand."

Ein dritter erhob seinen Kopf und blickte zum Himmel: „Das größte unter dem Himmel ist sicher mein Auge."

Alle schauten erstaunt auf ihn.

„Wie kommst du den darauf?", fragte der Lehrer

„Ich sehe den Berg und viele andere dazu. Ich sehe eine ganze Herde Elefanten und den Teil des Himmels dazu und da alles zusammen in mein Auge passt, muss es das größte sein, dass es unter dem Himmel gibt.

SAMSTAG, DER 22. DEZEMBER

Ein Schüler fragte einmal seinen Meister:
„Sie erzählen uns immer Geschichten, Sie erklären uns aber nie ihre Bedeutung."
Der Meister antwortete: „Was würdest Du sagen, wenn Du auf dem Markt Obst kaufst und der Kaufmann isst es vor deinen Augen auf und gibt dir die Schale?"

SONNTAG, DER 23. DEZEMBER

Als ich aufwache, liege ich gerade mit dem Gesicht zu der Wand, an der mein Bett steht. Heute wird Einoel wieder da sein, aber nur um sich von mir zu verabschieden.

Am liebsten würde ich einfach auf der Seite liegen bleiben. Zu groß ist meine Angst, dass ich mich umdrehe und das Lebkuchenhaus nicht sehe. Es ist draußen bereits hell geworden. Das Ausschlafen ist heute das einzig Gute, ansonsten war das gestern der traurigste Start in die Ferien, an den ich mich erinnern kann.

„Dreh dich ruhig um, ich bin zurückgekommen."

„Oh Einoel, ich habe dich so vermisst." Von Schlaf und Müdigkeit ist keine Spur mehr da, als ich der Fee um den Hals falle.

„Ich hab dich auch vermisst aber es war auch schön, die Menschen noch einmal in den Tagen vor Weihnachten zu begleiten. Es ist wirklich eine besondere Zeit. So voller Spannung und Vorfreude. Wenn nicht die Eile und die Hektik stärker sind."

„Ach Einoel, kannst du nicht noch ein wenig bleiben, wenigstens bis morgen?"

„Nein, ich muss…oder eigentlich möchte ich jetzt auch wieder nach Hause. Ich muss heute unbedingt noch mit meiner Viel-uroma Befana reden, bevor sie sich morgen wieder auf den Weg macht, um das Christkind zu suchen."

„Stimmt", ich trockne verlegen eine Träne, die sich doch tatsächlich aus meinem linken Auge schleichen wollte. „Deswegen bist du ja überhaupt erst hier her gekommen. Und hast du Antworten gefunden."

„Oh ja, ich habe viel mit dir gemeinsam hier gelernt und ich glaube ich weiß schon ganz genau, was ich meiner Uroma Befana sagen kann."

„Jetzt spann mich doch nicht so auf die Folter!"

„Also gut", Einoel setzt sich noch ein letztes Mal auf mein Bett,

erstens hat meine Uroma das Jesuskind unwiderruflich verpasst. Da ist nun mal nichts mehr dran zu ändern. Sie kann ihm selbst kein Geschenk mehr bringen aber

zweitens ist das gar nicht schlimm, denn sie hat stattdessen genau das Richtige getan und bringt den Menschen, für die das Christkind überhaupt erst auf die Erde gekommen ist, Geschenke. Egal ob zum Einpacken oder nicht. Damit trägt sie den Geist der Weihnacht weiter und

drittens wird sie sich in Zukunft weniger Gedanken machen und etwas mehr beeilen, wenn es um wirklich wichtige Dinge geht. Man wächst halt auch an seinen Fehlern und falschen Entscheidungen."

„Also braucht sie eigentlich gar nichts anders machen?"

„Nein, das braucht sie nicht. Sie muss nur aufhören, sich Vorwürfe zu machen und selber Erkennen, dass sie genau das, was sie sucht, eigentlich schon gefunden hat. Das ist nicht immer einfach. Viele Menschen suchen die wichtigen Dinge irgendwo auf der Welt. Viele denken, dass man z.B. Zufriedenheit in Besitz und Reichtum findet. Dann besitzen sie eines Tages ganz viel und sind immer noch nicht zufrieden. Zufriedenheit kann man nur in sich finden, nicht woanders!"

„Einoel, ich bin wirklich froh, dass du mit deinem Haus bei mir gelandet bist. Und wer weiß, vielleicht sehen wir uns ja doch irgendwann wieder. Auch wenn du jetzt erst einmal gehen musst."

„So ist es. Immer nach vorne denken! Ganz kann ich eh nie mehr gehen. Ein Teil von mir bleibt ja hier. Und wenn etwas zu Ende geht, dann heißt das nur, dass etwas Neues anfangen kann. Und weil du mein Geschichtenbuch hast, wirst du mich auch nicht vergessen."

„Ich würde dich auch ohne das Buch nie vergessen, weil……", weiter komme ich nicht, denn die nächsten verräterischen Tränen haben sich auf den Weg gemacht.

„Erwachsen werden kann ganz schöne Tücken haben. Viele verlernen dabei, auch später nochmal Kind zu sein. Bitte vergiss du das nie. Wer nicht mehr Kind sein kann, wird leer und hohl und kann die ganzen Schätze nicht mehr finden. Das darfst du nie vergessen!"

MONTAG, DER 24. DEZEMBER

Es läutet. Ich höre unten Mamas Schritte, die sich Richtung Tür bewegen. Das wird wohl Tante Hedwig sein. Eigentlich wäre ich lieber noch ein wenig allein, ich vermisse Einoel Nimsaj schon jetzt. Aber was hatte sie noch gesagt: „Immer nach vorne denken." Außerdem wäre es sehr unhöflich von mir, einfach in meinem Zimmer zu bleiben. Tante Hedwig konnte ja nichts dafür, dass Einoel wieder zurückkehren musste. Sonst hatte ich mich immer sehr auf ihren Besuch gefreut. Ich schaue noch einmal auf den leeren Platz auf meinem Schreibtisch, wo bis gestern noch das Lebkuchenhaus gestanden hatte. Der feine Duft nach Plätzchen und Tee ist noch in der Luft.

Jetzt ist es 15:00 Uhr. Bald ist es dunkel und dann wird die Bescherung sein. Ich hole noch einmal tief Luft, stehe von meinem Schreibtischstuhl auf, gehe aus meinem Zimmer hinaus und die Treppe hinunter.

Eins, zwei, drei, knarz, fünf, sechs, sieben, acht, neun, zehn, elf, zwölf, dreizehn, vierzehn, fünfzehn, sechzehn.

„Oh, Anna Jasmin Leonie von-vorne-wie-von-hinten, bist du groß geworden seit dem letzten Weihnachten. Ich glaube, ich muss euch wirklich öfter besuchen. Sonst komme ich eines Tages bei euch an und habe verpasst, wie sie ausgezogen ist."

„Tante Hedwig, schön dass du bei uns bist. Oh, Vorsicht! Du erdrückst mich."

„Oh, das tut mir leid. Bekommst du wieder Luft?"

„Zumindest so viel, dass ich dich fragen kann, was das 'von-vorne-wie-von-hinten' bedeuten soll. Das hab ich ja noch nie gehört."
Tante Hedwig lässt mich aus ihrer Umarmung und schaut mir lächelnd ins Gesicht.
„Vielleicht hast du es nicht gehört aber dafür umso öfter gesagt. Als du kleiner warst und die ersten Worte schreiben konntest, da hast du eines Tages erkannt, dass du von vorne und von hinten ANNA heißt. Und bei der Gelegenheit hast du deine beiden anderen Namen auch gleich von hinten genannt. Die waren mir allerdings zu schwer, die konnte ich mir nicht merken. Aber als du eben so die Treppe hinunter gekommen bist, da hab ich dich auf einmal wieder vor mir gesehen, wie du hier durch das Haus getanzt bist und diesen ungewöhnlichen Namen gesungen hast. Ich sage es ja. Was bist du groß geworden......

ANNA LEONIE JASMIN

WEIHNACHTEN IST...

wenn wir etwas mehr geben als nehmen.
wenn eine ausgestreckte Hand eine andere finden kann.
wenn wir nicht die Augen verschließen sondern uns dem anderen zuwenden.
wenn Augen leuchten, ein Lächeln von Herzen kommt und Seelen sich gegenseitig wärmen.

Wann haben wir Weihnachten?

Über die Autorin

Carmen Schneider ist von Beruf Erzieherin und gebürtige Hessin. Seit zwei Jahren lebt sie mit ihrem Mann, den zwei Töchtern und Hund im Saarland. „Das Lebkuchenhaus" ist ihr erstes Kinderbuch.